CARRÉS CLASSIQUES

Collection COLLÈGE dirigée par
Cécile de Cazanove
Agrégée de Lettres modernes

4 contes de sorcières

XIXe - XXe siècles

anthologie

Édition présentée par
Nicolas Saulais
Certifié de Lettres modernes

Nathan

Sommaire

Lire 4 contes de sorcières

ISBN : 978-2-09-188501-8

Après la lecture

Autre lecture

Dossier central images en couleur

Lire

Hansel et Gretel,
Jacob et Wilhelm Grimm

Baba Yaga

L'Ours de la cuisine

La sorcière du placard aux balais,
Pierre Gripari

Qui êtes-vous, Jacob et Wilhelm Grimm ?

Racontez-nous vos jeunes années.

Nous sommes nés à Hanau, Wilhelm en 1786, et moi, Jacob, son frère aîné, en 1785 dans une **famille de neuf enfants**. En 1791, notre père est nommé fonctionnaire dans sa ville natale de Steinau où nous emménageons. Cinq ans plus tard, il décède, à l'âge de quarante-cinq ans. Notre mère m'envoie alors dans la ville de Kassel, auprès de notre tante. Je fréquente l'université de Marbourg où j'étudie le droit. Mon frère m'y rejoint un an après. Face à notre soif de connaissance, l'un de nos professeurs nous ouvre sa bibliothèque privée : c'est une révélation ! Je m'intéresse à la littérature médiévale et me spécialise en philologie (étude de la langue). Wilhelm se consacre plutôt à la critique littéraire. Je retourne à Kassel en 1805. J'y deviens secrétaire à l'École de Guerre, puis directeur de la bibliothèque privée de Jérôme, frère de Napoléon Ier et roi de Westphalie, un petit royaume formé en 1807. Wilhelm voyage et rencontre artistes ou écrivains, avant de publier son premier livre en 1811 : des traductions d'**anciennes légendes danoises**.

Comment élaborez-vous votre œuvre commune ?

En 1812, nous publions les *Contes d'enfants et du foyer*, dont les plus connus sont *Blanche-neige et les Sept Nains*, *Hansel et Gretel*... Mais, après la bataille de Leipzig en 1813, le royaume de Westphalie est occupé par les Prussiens et je perds mon poste à la bibliothèque royale. Toutefois, je retrouve bientôt une situation dans la diplomatie. En 1814, je quitte définitivement la carrière diplomatique et je peux enfin me consacrer à la littérature et à l'Histoire.

En 1815, mon frère et moi produisons le deuxième volume des Contes *d'enfants et du foyer*. Une troisième publication, en 1825, contribue grandement à la popularité des contes (issus de sources orales) et des légendes (s'appuyant sur des sources écrites) que nous collectons. Nos livres ont beaucoup de succès.

En 1830, nous sommes engagés à l'université de Göttingen comme professeurs. Toutefois, nous quittons cette université pour des motifs politiques et revenons à Kassel en 1837.

Que faites-vous à Berlin ?

Quelques années plus tard, Frédéric-Guillaume IV de Prusse nous invite comme membres de l'Académie des sciences et professeurs à l'université Humboldt de Berlin. Nous nous y installons et y demeurons définitivement. Wilhelm et moi nous attaquons alors à une œuvre colossale : la rédaction d'un **dictionnaire historique de la langue allemande**, qui en présenterait chaque mot avec son origine, son évolution, ses usages et sa signification. Le premier volume est publié en 1852, mais cet ouvrage ne sera achevé qu'un siècle plus tard, en 1958, par d'autres linguistes ! Ma *Grammaire allemande* est considérée comme une référence. J'écris également la *Poésie des maîtres chanteurs* en 1811, puis la *Mythologie allemande* en 1835, ainsi qu'une *Histoire de la langue allemande* en 1848. ■

Wilhelm meurt le 16 décembre 1859 et Jacob le 20 septembre 1863. Les deux frères reposent ensemble au cimetière de Matthäus, à Berlin.

Qui sont les personnages ?

Hansel et Gretel

Hansel

Ce jeune garçon malin et ingénieux, fils d'un pauvre bûcheron, parvient à déjouer un piège tendu par sa méchante belle-mère. Malheureusement, sa sœur et lui se perdent dans la forêt. Attirés par une étrange maison, ils sont recueillis par une vieille femme.

➨ *Comment réagira-t-il dans cette périlleuse situation ?*

Gretel

Cette petite fille craintive suit les pas de son grand frère qui la protège. Apeurée par la solitude, le froid et la nuit, elle tente de trouver du réconfort dans les paroles rassurantes de Hansel.

➨ *Vaincra-t-elle sa peur face à la sorcière ?*

La sorcière

Personnage sombre et inquiétant, cette vieille femme a construit une maison en friandises pour attirer les enfants. Effrayante et cruelle, elle ne tarde pas à montrer son vrai visage et à révéler ses désirs les plus profonds.

➨ *Quel terrible projet se cache derrière sa générosité ?*

Hansel et Gretel

À L'ORÉE[1] D'UNE GRANDE FORÊT vivaient un pauvre bûcheron, sa femme et ses deux enfants. Le garçon s'appelait Hansel et la fille Gretel. La famille ne mangeait guère. Une année que la famine[2] régnait dans le pays et que le pain lui-même vint à manquer, le bûcheron ruminait[3] des idées noires, une nuit, dans son lit et remâchait[4] ses soucis. Il dit à sa femme :

– Qu'allons-nous devenir ? Comment nourrir nos pauvres enfants, quand nous n'avons plus rien pour nous-mêmes ?

– Eh bien, mon homme, dit la femme, sais-tu ce que nous allons faire ? Dès l'aube, nous conduirons les enfants au plus profond de la forêt, nous leur allumerons un feu et leur donnerons à chacun un petit morceau de pain. Puis nous irons à notre travail et les laisserons seuls. Ils ne retrouveront plus leur chemin et nous en serons débarrassés.

– Non, femme, dit le bûcheron, je ne ferai pas cela ! Comment pourrais-je me résoudre à laisser nos enfants tout seuls dans la forêt ! Les bêtes sauvages ne tarderaient pas à les dévorer.

– Oh ! fou, rétorqua-t-elle, tu préfères donc que nous mourions de faim tous les quatre ? Alors, il ne te reste qu'à raboter[5] les planches de nos cercueils.

Elle n'eut de cesse qu'il n'acceptât[6] ce qu'elle proposait.

– Mais j'ai quand même pitié de ces pauvres enfants, dit le bûcheron.

Les deux petits n'avaient pas pu s'endormir tant ils avaient faim. Ils avaient entendu ce que la marâtre disait

La marâtre

Le sens de *marâtre* est double : il désigne soit la deuxième épouse d'un père, la belle-mère, soit une mauvaise mère. Dans les contes, la marâtre est souvent méchante, hypocrite et peu aimante. Elle représente une épreuve supplémentaire pour les enfants, déjà accablés par leur situation d'orphelins.

1. À l'entrée.
2. Le manque de nourriture.
3. Ne cessait de penser à.
4. Revenait sans cesse à.
5. Couper.
6. Elle ne s'arrêta pas jusqu'à ce qu'il accepte.

à leur père. Gretel pleura des larmes amères et dit à son frère :

– C'en est fait de nous.

– Du calme, Gretel, dit Hansel. Ne t'en fais pas. Je trouverai un moyen de nous en tirer.

Quand les parents furent endormis, il se leva, enfila ses habits, ouvrit la porte et se glissa dehors. La lune brillait dans le ciel et les graviers blancs, devant la maison, étincelaient comme des diamants. Hansel se pencha et en mit dans ses poches autant qu'il put. Puis il rentra dans la maison et dit à Gretel :

– Aie confiance, chère petite sœur, et dors tranquille. Dieu ne nous abandonnera pas.

Et lui-même se recoucha.

Quand vint le jour, avant même que le soleil ne se levât, la femme réveilla les deux enfants :

– Debout, paresseux ! Nous allons aller dans la forêt pour y chercher du bois. Elle leur donna un morceau de pain à chacun et dit :

– Voici pour le repas de midi ; ne mangez pas tout avant, car vous n'aurez rien d'autre.

Comme les poches de Hansel étaient pleines de cailloux, Gretel mit le pain dans son tablier. Puis, ils se mirent tous en route pour la forêt. Au bout de quelque temps, Hansel s'arrêta et regarda en direction de la maison. Et sans cesse, il répétait ce geste. Le père dit :

– Que regardes-tu, Hansel, et pourquoi restes-tu toujours en arrière ? Fais attention à toi et n'oublie pas de marcher !

– Ah ! père, dit Hansel, je regarde mon petit chat blanc qui est perché là-haut sur le toit et je lui dis au revoir.

La femme dit :

– Fou que tu es ! Ce n'est pas le chaton, c'est un reflet de soleil sur la cheminée. Hansel, en réalité, n'avait pas vu le chat. Mais, à chaque arrêt, il prenait un caillou blanc dans sa poche et le jetait sur le chemin.

Quand ils furent arrivés au milieu de la forêt, le père dit :

– Maintenant, les enfants, ramassez du bois ! Je vais allumer un feu pour que vous n'ayez pas froid.

Hansel et Gretel amassèrent des brindilles au sommet d'une petite colline. Quand on y eut mis le feu et qu'il eut bien pris, la femme dit :

– Couchez-vous auprès de lui, les enfants, et reposez-vous. Nous allons abattre du bois. Quand nous aurons fini, nous reviendrons vous chercher.

Hansel et Gretel s'assirent auprès du feu et quand vint l'heure du déjeuner, ils mangèrent leur morceau de pain. Ils entendaient retentir des coups de hache et pensaient que leur père était tout proche. Mais ce n'était pas la hache. C'était une branche que le bûcheron avait attachée à un arbre mort et que le vent faisait battre de-ci de-là. Comme ils étaient assis là depuis des heures, les yeux finirent par leur tomber de fatigue et ils s'endormirent. Quand ils se réveillèrent, il faisait nuit noire. Gretel se mit à pleurer et dit :

– Comment ferons-nous pour sortir de la forêt ?

Hansel la consola :

– Attends encore un peu, dit-il, jusqu'à ce que la lune soit levée. Alors, nous retrouverons notre chemin.

Quand la pleine lune brilla dans le ciel, il prit sa sœur par la main et suivit les petits cailloux blancs. Ils étincelaient comme des écus frais battus[1] et indiquaient le chemin. Les enfants marchèrent toute la nuit et, quand le jour se leva, ils atteignirent la maison paternelle. Ils frappèrent à la porte. Lorsque la femme eut ouvert et quand elle vit que c'était Hansel et Gretel, elle dit :

– Méchants enfants ! Pourquoi avez-vous dormi si longtemps dans la forêt ? Nous pensions que vous ne reviendriez jamais.

Leur père, lui, se réjouit, car il avait le cœur lourd de les avoir laissés seuls dans la forêt.

Peu de temps après, la misère régna de plus belle[2] et les enfants entendirent ce que la marâtre disait, pendant la nuit, à son mari :

– Il ne nous reste plus rien à manger, une demi-miche[3] seulement, et après, finie la chanson ! Il faut nous débarrasser des enfants ; nous les conduirons encore plus profond dans la forêt pour qu'ils ne puissent plus retrouver leur chemin ; il n'y a rien d'autre à faire.

Le père avait bien du chagrin. Il songeait : « Il vaudrait mieux partager la dernière bouchée avec les enfants. » Mais la femme ne voulut n'en entendre[4]. Elle le gourmanda[5] et lui fit mille reproches. Qui a dit « A » doit dire « B ». Comme il avait accepté une première fois, il dut consentir derechef[6].

Les enfants n'étaient pas encore endormis. Ils avaient tout entendu. Quand les parents furent plongés dans le sommeil, Hansel se leva avec l'intention d'aller ramasser des cailloux comme la fois précédente. Mais la marâtre avait verrouillé la porte et le garçon ne put sortir. Il consola cependant sa petite sœur :

1. Pièces de monnaie neuves et brillantes.
2. Fut encore plus forte.
3. La moitié d'un gros pain rond.
4. Ne voulut pas en entendre parler.
5. Gronda.
6. De nouveau.

– Ne pleure pas, Gretel, dors tranquille ; le bon Dieu nous aidera.

Tôt le matin, la marâtre fit lever les enfants. Elle leur donna un morceau de pain, plus petit encore que l'autre fois. Sur la route de la forêt, Hansel l'émietta dans sa poche ; il s'arrêtait souvent pour en jeter un peu sur le sol.

– Hansel, qu'as-tu à t'arrêter et à regarder autour de toi ? dit le père. Va ton chemin[7] !

– Je regarde ma petite colombe, sur le toit, pour lui dire au revoir ! répondit Hansel.

– Fou ! dit la femme, ce n'est pas la colombe, c'est le soleil qui se joue[8] sur la cheminée.

Hansel, cependant, continuait à semer des miettes de pain le long du chemin.

La marâtre conduisit les enfants au fin fond de la forêt, plus loin qu'ils n'étaient jamais allés. On y refit un grand feu et la femme dit :

– Restez là, les enfants. Quand vous serez fatigués, vous pourrez dormir un peu ; nous allons couper du bois et, ce soir, quand nous aurons fini, nous viendrons vous chercher.

À midi, Gretel partagea son pain avec Hansel qui avait éparpillé le sien le long du chemin. Puis ils dormirent et la soirée passa sans que personne ne revînt auprès d'eux. Ils s'éveillèrent au milieu de la nuit, et Hansel consola sa petite sœur, disant :

– Attends que la lune se lève, Gretel, nous verrons les miettes de pain que j'ai jetées ; elles nous montreront le chemin de la maison.

Quand la lune se leva, ils se mirent en route. Mais de miettes, point. Les mille oiseaux des champs et des

La forêt

La forêt est un lieu dangereux jusqu'au XVIIIe siècle. Bandits et animaux se partagent ce territoire effrayant. Dans les contes, elle joue un rôle important : Peau d'âne y trouve refuge tandis que le Petit Chaperon rouge y rencontre le loup. Synonyme de danger, de peur ou de féerie, elle est un lieu symbolique du récit merveilleux.

7. Avance !
8. Se reflète.

bois les avaient mangées. Les deux enfants marchèrent toute la nuit et le jour suivant, sans trouver à sortir de la forêt. Ils mouraient de faim, n'ayant à se mettre sous la dent que quelques baies sauvages[1]. Ils étaient si fatigués que leurs jambes ne voulaient plus les porter. Ils se couchèrent au pied d'un arbre et s'endormirent. Trois jours s'étaient déjà passés depuis qu'ils avaient quitté la maison paternelle. Ils continuaient à marcher, s'enfonçant toujours plus avant dans la forêt. Si personne n'allait venir à leur aide, ils ne tarderaient pas à mourir. À midi, ils virent un joli oiseau sur une branche, blanc comme neige. Il chantait si bien que les enfants s'arrêtèrent pour l'écouter. Quand il eut fini, il déploya ses ailes et vola devant eux. Ils le suivirent jusqu'à une petite maison sur le toit de laquelle le bel oiseau blanc se percha. Quand ils s'en furent approchés tout près, ils virent qu'elle était faite de pain et recouverte de gâteaux. Les fenêtres étaient en sucre.

– Nous allons nous mettre au travail, dit Hansel, et faire un repas béni de Dieu. Je mangerai un morceau du toit ; ça a l'air d'être bon !

Hansel grimpa sur le toit et en arracha un petit morceau pour goûter. Gretel se mit à lécher les carreaux. On entendit alors une voix suave[2] qui venait de la chambre :

– *Langue, langue lèche !*
Qui donc ma maison lèche ?

Les enfants répondirent :

– *C'est le vent, c'est le vent.*
Ce céleste[3] enfant.

Et ils continuèrent à manger sans se laisser détourner de leur tâche. Hansel, qui trouvait le toit fort bon, en

1. Fruits sauvages, comme les mûres par exemple.
2. Douce et agréable.
3. Merveilleux.

fit tomber un gros morceau par terre et Gretel découpa une vitre entière, s'assit sur le sol et se mit à manger. La porte, tout à coup, s'ouvrit et une femme, vieille comme les pierres, s'appuyant sur une canne, sortit de la maison. Hansel et Gretel eurent si peur qu'ils laissèrent tomber tout ce qu'ils tenaient dans leurs mains. La vieille secoua la tête et dit :

– Eh ! chers enfants, qui vous a conduits ici ? Entrez, venez chez moi ! Il ne vous sera fait aucun mal.

Elle les prit tous deux par la main et les fit entrer dans la maisonnette. Elle leur servit un bon repas, du lait et des beignets avec du sucre, des pommes et des noix. Elle prépara ensuite deux petits lits. Hansel et Gretel s'y couchèrent. Ils se croyaient au Paradis.

Mais l'amitié de la vieille n'était qu'apparente. En réalité, c'était une méchante sorcière à l'affût des enfants[4]. Elle n'avait construit la maison de pain que pour les attirer. Quand elle en prenait un, elle le tuait, le faisait cuire et le mangeait. Pour elle, c'était alors jour de fête. La sorcière avait les yeux rouges et elle ne voyait pas très clair. Mais elle avait un instinct très sûr, comme les bêtes, et sentait venir de loin les êtres humains. Quand Hansel et Gretel s'étaient approchés de sa demeure, elle avait ri méchamment et dit d'une voix mielleuse[5] :

– Ceux-là, je les tiens ! Il ne faudra pas qu'ils m'échappent !

À l'aube, avant que les enfants ne se soient éveillés, elle se leva. Quand elle les vit qui reposaient[6] si gentiment, avec leurs bonnes joues toutes roses, elle murmura :

– Quel bon repas je vais faire !

Ogre et ogresse

Personnage traditionnel du conte, se nourrissant de chair humaine et plus particulièrement de celle des enfants, l'ogre est cruel et effrayant. Présent dans *Le Petit Poucet* ou *Le Chat botté*, il peut aussi être incarné en femme, ogresse doublée d'une sorcière, comme dans *La Belle au bois dormant*, *Hansel et Gretel* ou *Baba Yaga*.

4. Chasseuse d'enfants.
5. D'une douceur fausse.
6. Dormaient.

Elle attrapa Hansel de sa main rêche[1], le conduisit dans une petite étable et l'y enferma au verrou. Il eut beau crier, cela ne lui servit à rien. La sorcière s'approcha ensuite de Gretel, la secoua pour la réveiller et s'écria :

– Debout, paresseuse ! Va chercher de l'eau et prépare quelque chose de bon à manger pour ton frère. Il est enfermé à l'étable et il faut qu'il engraisse. Quand il sera à point, je le mangerai.

Gretel se mit à pleurer, mais cela ne lui servit à rien. Elle fut obligée de faire ce que lui demandait l'ogresse. On prépara pour le pauvre Hansel les plats les plus délicats. Gretel, elle, n'eut droit qu'à des carapaces de crabes. Tous les matins, la vieille se glissait jusqu'à l'écurie et disait : – Hansel, tends tes doigts, que je voie si tu es déjà assez gras.

Mais Hansel tendait un petit os et la sorcière, qui avait de mauvais yeux, ne s'en rendait pas compte. Elle croyait que c'était vraiment le doigt de Hansel et s'étonnait qu'il n'engraissât point. Quand quatre semaines furent passées, et que l'enfant était toujours aussi maigre, elle perdit patience et décida de ne pas attendre plus longtemps.

– Holà ! Gretel, cria-t-elle, dépêche-toi d'apporter de l'eau. Que Hansel soit gras ou maigre, c'est demain que je le tuerai et le mangerai.

Ah, comme elle pleurait, la pauvre petite, en charriant[2] ses seaux d'eau, comme les larmes coulaient le long de ses joues !

– Dieu bon, aide-nous donc ! s'écria-t-elle. Si seulement les bêtes de la forêt nous avaient dévorés ! Au moins serions-nous morts ensemble !

1. Râpeuse.
2. Portant.

– Cesse de te lamenter ! dit la vieille, ça ne te servira à rien !

De bon matin, Gretel fut chargée de remplir la grande marmite d'eau et d'allumer le feu.

– Nous allons d'abord faire la pâte, dit la sorcière. J'ai déjà fait chauffer le four et préparé ce qu'il faut.

Elle poussa la pauvre Gretel vers le four, d'où sortaient de grandes flammes.

– Faufile-toi dedans ! ordonna-t-elle, et vois s'il est assez chaud pour la cuisson. Elle avait l'intention de fermer le four quand la petite y serait pour la faire rôtir. Elle voulait la manger, elle aussi. Mais Gretel devina son projet et dit :

– Je ne sais comment faire, comment entre-t-on dans ce four ?

– Petite oie, dit la sorcière, l'ouverture est assez grande, vois, je pourrais y entrer moi-même.

Et elle y passa la tête. Alors Gretel la poussa vivement dans le four, claqua la porte et mit le verrou. La sorcière se mit à hurler épouvantablement. Mais Gretel s'en alla et cette épouvantable sorcière n'eut plus qu'à rôtir.

Gretel, elle, courut aussi vite qu'elle le pouvait chez Hansel. Elle ouvrit la petite étable et dit :

– Hansel, nous sommes libres ! La vieille sorcière est morte !

Hansel bondit hors de sa prison, aussi rapide qu'un oiseau dont on vient d'ouvrir la cage. Comme ils étaient heureux ! Comme ils se prirent par le cou, dansèrent et s'embrassèrent ! N'ayant plus rien à craindre, ils pénétrèrent dans la maison de la sorcière. Dans tous les coins, il y avait des caisses pleines de perles et de diamants.

– C'est encore mieux que mes petits cailloux! dit Hansel en remplissant ses poches.

Et Gretel ajouta:

– Moi aussi, je veux en rapporter à la maison!

Et elle en mit tant qu'elle put dans son tablier.

– Maintenant, il nous faut partir, dit Hansel, si nous voulons fuir cette forêt ensorcelée.

Au bout de quelques heures, ils arrivèrent sur les bords d'une grande rivière.

– Nous ne pourrons pas la traverser, dit Hansel, je ne vois ni passerelle ni pont.

– On n'y voit aucune barque non plus, dit Gretel. Mais voici un canard blanc. Si je lui demande, il nous aidera à traverser. Elle cria:

– Petit canard, petit canard,
Nous sommes Hansel et Gretel.
Il n'y a ni barque, ni gué[1]*, ni pont,*
Fais-nous passer avant qu'il ne soit tard.

Le petit canard s'approcha et Hansel se mit à califourchon sur son dos[2]. Il demanda à sa sœur de prendre place à côté de lui.

– Non, répondit-elle, ce serait trop lourd pour le canard. Nous traverserons l'un après l'autre.

La bonne petite bête les mena ainsi à bon port[3]. Quand ils eurent donc passé l'eau sans dommage[4], ils s'aperçurent au bout de quelque temps que la forêt leur devenait de plus en plus familière. Finalement, ils virent au loin la maison de leur père. Ils se mirent à courir, se ruèrent[5] dans la chambre de leurs parents et

1. Endroit d'une rivière où le niveau de l'eau est assez bas pour qu'on puisse traverser à pied.
2. Une jambe de chaque côté de son dos, comme sur un cheval.
3. À destination.
4. Sans accident.
5. Se précipitèrent.

sautèrent au cou de leur père. L'homme n'avait plus eu une seule minute de bonheur depuis qu'il avait abandonné ses enfants dans la forêt. Sa femme était morte. Gretel secoua son tablier et les perles et les diamants roulèrent à travers la chambre. Hansel en sortit d'autres de ses poches, par poignées. C'en était fini des soucis. Ils vécurent heureux tous ensemble.

Pause lecture 1

La misère d'une famille (l. 1 à 102)

Avez-vous bien lu ?

À quoi sert la branche ?

- ❑ À alerter les enfants.
- ❑ À faire croire que les parents sont à côté.
- ❑ À faire fuir les oiseaux.

Un couple désespéré

1. Dans quelles conditions la famille du bûcheron vit-elle ? Que décident les parents ? Leur projet réussit-il ? Justifiez.
2. Quel est le temps verbal employé dans les premières lignes du conte ? Pourquoi ? À quelle ligne le temps change-t-il ? Expliquez.
3. Le bûcheron et sa femme sont-ils tout de suite du même avis sur leur projet pour le lendemain ? Quel est le caractère de chacun ?

Hansel, un frère protecteur

4. Comment Hansel et Gretel réagissent-ils face à la décision de leurs parents ? De quelles qualités Hansel fait-il preuve ?
5. Le lendemain, pourquoi se retourne-t-il sans cesse sur le chemin ? Donne-t-il la véritable raison à son père ? Pourquoi ?
6. Comparez la réaction du frère et de la sœur lorsqu'ils se réveillent dans la forêt. Quels sont les défauts de Gretel ?

En danger (l. 103 à 248)

Avez-vous bien lu ?

Pourquoi la sorcière enferme-t-elle Hansel ?

❏ Il a tenté de s'échapper.

❏ Elle souhaite l'engraisser.

❏ Il a essayé de la tuer.

Une terrible rencontre

1 Quel animal apparaît pour guider les enfants ? Où les mène-t-il ?
Est-ce une aide ou un ennemi pour eux ?

2 Quels sont les détails physiques donnés sur la sorcière ?
Quelles sont ses habitudes ?

3 En quoi consiste le projet secret de ce personnage ?

Soeur ou complice ?

4 Quelle mission la sorcière confie-t-elle à Gretel ?

5 Que vérifie la sorcière chaque matin lorsqu'elle se rend à l'écurie ?
Quelle ruse Hansel emploie-t-il ?
Pourquoi la sorcière ne réalise-t-elle pas compte de la supercherie ?

6 Que préférerait Gretel (l. 244 à 246) ?
Quelle leçon lui donne la sorcière (l. 247-248) ?

Le triomphe de l'intelligence (l. 249 à 315)

Avez-vous bien lu ?

Le conte finit bien...

- ❏ pour toute la famille ?
- ❏ pour les enfants seulement ?
- ❏ pour le père et ses enfants ?

Un plat inattendu

1 Gretel a-t-elle compris le danger qui la guette ?
Montrez qu'elle met à profit la leçon reçue de la sorcière (l. 247 à 268).

2 Comment la sorcière meurt-elle ? Sur quel ton sa disparition est-elle racontée ?
À votre avis, que symbolise le four ?

La délivrance

3 Relisez les lignes 273 à 276. Quel est le type de phrase utilisé ?
Relevez une comparaison. Quels sentiments sont ainsi traduits ?

4 Quelle merveilleuse découverte les enfants font-ils ?
S'attardent-ils cependant dans la maison ? Pourquoi ?

Le retour

5 Quels obstacles les enfants rencontrent-ils sur le chemin du retour ?
Qui trouve une solution ? Quelles qualités sont apparues chez Gretel ?

6 Comment la mort de la marâtre est-elle annoncée ?
Les enfants en sont-ils malheureux ? Et le lecteur ? Pourquoi ?

Vers l'expression

Vocabulaire

1. **Donnez la définition de chacun des mots suivants :**
Pauvreté – dénuement – misère – faillite – détresse – pénurie – disette.

2. **Choisissez quatre mots parmi ceux de l'exercice précédent. Vous les emploierez dans quatre phrases différentes.**

3. **Trouvez un antonyme pour chacun des adjectifs suivants :**
Courageux – méfiant – généreux – orgueilleux – naïf – combatif.

À vous de jouer

Faites une recherche

Cherchez deux autres contes avec un sorcier ou une sorcière qui meurt à la fin de l'histoire et résumez-les.

Rédigez un récit

Imaginez qu'une nuit, le père de Hansel et Gretel, en cachette de son épouse, quitte sa maison. Il parcourt la forêt à la recherche de ses enfants. Quelles épreuves traversera-t-il ? Parviendra-t-il à les sauver ? De quelles qualités fera-t-il preuve ?

Du texte à l'image

Observez l'illustration → voir dossier images p. I

Hansel et Gretel, illustration de Kay Nielsen, 1929.

1. Quel moment du conte est représenté sur cette illustration ?
2. Selon vous, que semble porter Hansel ? Pourquoi ?
3. De quoi la maison est-elle faite ?
   Comment est-elle mise en relief dans l'illustration ?
4. Comment les arbres sont-ils représentés ?
   Quelle impression donnent-ils ?
5. Observez et commentez la taille des personnages par rapport au décor.

Hans Thoma, *La Sorcière*, lithographie (27,7 cm × 39,3 cm), 1870.

Qui sont les personnages ?

Baba Yaga

La petite fille (Vassilissa)

Sa belle-mère, qui la déteste, l'envoie chercher une aiguille et du fil chez l'une de ses tantes.

➨ *Et si c'était un piège ?*

Baba Yaga

Cette vieille femme accueille la petite fille et lui demande de tisser à sa place.

➨ *Quel secret Baba Yaga cache-t-elle ?*

Baba Yaga

NON LOIN D'ICI, DANS UNE PETITE ISBA[1] à la lisière de la taïga[2] vivait un veuf qui élevait seul sa fille Vassilissa. Tout allait bien, jusqu'au jour où le père décida de se remarier. Il choisit par malheur une femme acariâtre[3] et mauvaise, totalement dépourvue d'humanité.

À peine arrivée au logis, la marâtre[4] prit sa belle-fille en grippe, ne cessant de la harceler et rêvant de s'en débarrasser au plus vite.

Un jour où son mari dut s'absenter du logis, elle fit venir Vassilissa et lui ordonna :

– Va chez ma sœur, ta tante, et demande-lui une aiguille et du fil pour coudre une chemise !

Il faut que vous sachiez que cette sœur n'était autre que la Baba Yaga en personne : une sorcière boiteuse, borgne, édentée, décatie[5], décrépite, impotente[6] et méchante, qui traversait la nuit assise dans un chaudron, pour jeter sorts et maléfices.

Vassilissa, qui avait oublié d'être sotte, courut d'abord chez sa tante maternelle pour lui demander conseil.

– Mère m'envoie chez sa sœur demander une aiguille et du fil pour coudre une chemise !

– Sois prudente, ma chère fille, cette créature est redoutable, le grand âge l'a rendue hargneuse[7] ! lui répondit sa tante.

– Mais que dois-je faire ?

Alors, la bonne femme sortit de sa poche quelques objets qu'elle lui tendit :

– Là-bas, ma nièce, lorsque le bouleau essaiera de te cingler[8] les yeux, attache-le avec ce ruban. Là-bas, quand

1. Petite maison en bois, typique de la Russie.
2. Forêt de sapins.
3. Désagréable.
4. Voir encart, p. 9.
5. Vieillie.
6. Qui se déplace difficilement.
7. Méchante.
8. Fouetter.

les battants du portail chercheront à se refermer sur toi, verse un peu de cette huile sur le seuil de la porte. Là-bas, quand les chiens se jetteront sur toi, lance-leur du pain. Là-bas, quand le chat voudra te sauter aux yeux, donne-lui de ce jambon. Et n'oublie pas, non plus, de mettre un foulard sur ta tête.

La jeune fille prit le morceau de ruban, l'huile, le pain, le jambon, noua son foulard, remercia sa tante et se mit en route. Elle ne tarda pas à arriver devant la chaumine[1] où vivait la Baba Yaga.

L'affreuse sorcière était occupée à tisser et, lorsqu'elle vit Vassilissa, ses yeux brillèrent de convoitise[2].

– Bonjour, tante ! Mère m'envoie te demander une aiguille et du fil pour me coudre une chemise.

– Fort bien, ma nièce, je vais les chercher. Assieds-toi et tisse donc un peu en m'attendant.

Tandis que la fillette s'installait au métier[3], la Baba Yaga sortit appeler sa servante :

– Va faire chauffer l'étuve[4] pour laver ma nièce. Fais-lui prendre un bain et surtout frotte-la bien, car je désire en faire mon déjeuner. Allez, vite, dépêche-toi, j'ai grand faim !

Vassilissa, qui avait tout entendu, demeurait là plus morte que vive. Quand la servante vint la chercher, elle lui fit cadeau du foulard qu'elle portait et la pria ainsi :

– Quand tu feras brûler les bûches pour chauffer l'étuve, surtout arrose-les sans compter, ne ménage pas l'eau que tu verseras dessus !

La servante repartit et la Baba Yaga commença à attendre l'heure du repas. Mais le feu ne prenait pas, et

1. Petite cabane.
2. D'envie.
3. Métier à tisser.
4. Petite pièce où l'on prend un bain de vapeur.

pour cause ! La sorcière enrageait. De temps à autre, elle s'approchait de la fenêtre et demandait :

– Tu tisses toujours, ma nièce ?

– Mais oui, mais oui, tante, je tisse ! lui répondait Vassilissa.

La sorcière s'était éloignée. Vassilissa en profita pour donner au chat du jambon et lui demanda :

– Aide-moi, chat, et dis-moi, que dois-je faire pour m'en aller ?

– Voici un peigne et une serviette, lui répondit le chat. Prends-les et fuis au plus vite, car la Baba Yaga va te pourchasser. Dès que tu l'entendras approcher, jette la serviette derrière toi. Elle se transformera en une rivière immense. Et si jamais la sorcière arrive de l'autre côté, jette le peigne. Il se transformera en une forêt infranchissable qui arrêtera sa course.

Vassilissa s'enfuit avec le peigne et la serviette et le chat prit sa place devant le métier à tisser.

Lorsque les chiens voulurent dévorer la fillette, elle leur jeta du pain, ils la laissèrent passer. Quand le portail voulut se refermer sur elle, elle versa de l'huile sur le seuil et les battants s'ouvrirent. Quand le bouleau voulut lui cingler les yeux, elle attacha ses branches avec le morceau de ruban, et l'arbre la laissa aller.

Le chat, lui, besognait[5] derrière le métier à tisser, emmêlant à vrai dire plus de fils qu'il n'en démêlait. Et lorsque la Baba Yaga demanda :

– Tu tisses toujours, ma nièce ?

– Mais oui, mais oui, tante, je tisse ! miaula le chat.

La Baba Yaga s'étonna de cette voix, s'élança dans la chambre et, s'avisant du tour[6] qu'on venait de lui jouer,

Le merveilleux

Dans un conte, le héros rencontre toujours des personnages aux pouvoirs surnaturels. Ils peuvent l'aider ou s'opposer à lui, comme les sorcières, les loups, les ogres, etc. Le merveilleux prend parfois la forme d'un animal, d'un végétal ou d'un objet : ici, deux chiens, un chat, un arbre et un portail !

5. Travaillait.
6. Comprenant la ruse.

voulut corriger le chat pour n'avoir pas arraché les yeux de Vassilissa.

– Depuis le temps que je te sers, lui répondit le chat, jamais tu ne m'as nourri et elle m'a donné du jambon !

La Baba Yaga voulut s'en prendre aux chiens, au portail, au bouleau, mais les chiens répondirent :

– Depuis le temps que nous te servons, jamais tu ne nous as jeté la moindre croûte et elle nous a donné du pain.

Au tour du portail de dire :

– Depuis le temps que je te sers, jamais tu n'as versé la moindre goutte d'eau sur mon seuil et elle y a versé de l'huile.

Au bouleau d'enchaîner :

– Depuis le temps que je te sers, jamais tu n'as attaché mes branches avec le moindre fil et elle m'a offert un ruban.

Et à la servante d'ajouter :

– Depuis le temps que je te sers, jamais tu ne m'as donné le moindre chiffon et elle m'a fait cadeau d'un foulard !

Tout en grinçant des dents, l'affreuse mégère[1] sauta dans son chaudron et, en ramant l'air avec son pilon[2], elle se lança à la poursuite de la fillette. Ainsi montée, elle était terrifiante à voir et à entendre. Comme elle se rapprochait à grand bruit, Vassilissa jeta derrière elle la serviette. Aussitôt, une rivière immense se mit à couler. La Baba Yaga hurla de fureur, son chaudron menaça de couler, mais elle finit par traverser et se remit à sa poursuite en bavant des insultes. Quand elle l'entendit approcher à nouveau, la fillette se souvint du peigne, qui

1. Méchante femme.
2. Instrument servant à écraser, piler.

fut bien vite jeté. Aussitôt se dressa une forêt aux arbres inextricablement enchevêtrés[3]. La Baba Yaga voulut les ronger, mais ses efforts furent vains et jamais elle ne put passer. Alors, elle rebroussa chemin[4] et resta sur sa faim.

De retour au logis, le père de Vassilissa s'inquiéta, car il était fort tard :

– Où est donc ma fille ?

– Elle est chez sa tante, déclara la marâtre.

– Mais pourquoi ne rentre-t-elle pas ?

La méchante femme ne lui répondit pas.

Au bout d'un moment, la fillette arriva en courant.

– Que t'arrive-t-il, ma fille ? Où étais-tu passée ?

– Ah, père, si tu savais ! Mère m'a envoyé chez sa sœur, chercher du fil et une aiguille pour coudre une chemise, mais cette sœur, c'est la Baba Yaga, qui a voulu me dévorer !

– Et comment t'es-tu échappée ? demanda le brave homme.

Vassilissa raconta son histoire. Quand le père sut tout ce qui s'était passé, il se mit en colère contre sa femme et la jeta dehors. Certains disent encore[5] qu'il l'a fusillée ; en tout cas, on n'entendit plus jamais parler d'elle, ni de ses méchancetés.

Il vécut désormais heureux avec sa fille, en amassant du bien[6]. Si vous passez par la taïga, allez donc frapper à leur isba, ils y sont encore, ils vous serviront de la bière et vous conteront leur aventure…

Conte raconté par Léo Lamarche,
Contes et légendes de sorcières, © Éditions Nathan, 2007.

3. Complètement emmêlés.
4. Fit demi-tour.
5. Aussi.
6. De l'argent.

Eugène Grasset, *Trois Femmes et trois loups*, XIXe siècle.

Pause lecture 2

Trois femmes et une petite fille (l. 1 à 51)

Avez-vous bien lu ?

Pourquoi Vassilissa va-t-elle chez sa tante maternelle ?

- ❏ Elle s'est perdue.
- ❏ Elle a besoin de ses conseils.
- ❏ Elle lui apporte du fil et une aiguille.

Une dangereuse marâtre

1 Quels éléments contribuent à dramatiser l'atmosphère ?

2 Sur quel ton la marâtre parle-t-elle à Vassilissa ? Appuyez-vous, pour répondre, sur le mode des verbes.

3 Relevez tous les mots qui caractérisent Baba Yaga (l. 13 à 17). À quelle classe grammaticale appartiennent-ils ? Qui est l'auteur de ce portrait ?

Une tante bienveillante

4 Que révèle la tante maternelle à sa nièce ? L'empêche-t-elle d'aller chez Baba Yaga ? Pourquoi, selon vous ?

5 Relevez les temps et les modes des verbes dans les phrases où la gentille tante donne des conseils à sa nièce (l. 28 à 35). Que remarquez-vous ?

6 Citez tous les éléments merveilleux des lignes 1 à 51. De quel genre d'objets s'agit-il ?

Amis ou ennemis ? (l. 52 à 93)

Avez-vous bien lu ?

La petite fille donne son fichu à la servante :

- ❏ pour obtenir son aide ?
- ❏ pour la protéger du froid ?
- ❏ pour lui faire plaisir ?

Face au danger

1 Quelle est la première réaction de la petite fille lorsqu'elle apprend ce qui va lui arriver ? Quelle qualité révèle-t-elle ? Justifiez.

2 Expliquez les ordres qu'elle donne à la servante (l. 56 à 58).

L'aide du chat

3 Comment la petite fille se fait-elle aider par le chat ? Est-elle surprise de l'entendre parler ? Pourquoi ?

4 Quels objets le chat lui donne-t-il ? Relisez les phrases où il lui explique comment s'en servir (l. 70 à 76). Que remarquez-vous ? Quel est l'effet produit ?

La fuite

5 Précisez les épreuves que la petite fille doit subir et, pour chacune d'elles, l'objet magique dont elle se sert.

6 Relisez les instructions données par sa gentille tante (l. 28 à 35) et comparez leur ordre à celui des épreuves qu'elle traverse. Que remarquez-vous ?

Victoire et châtiment (l. 94 à 149)

Avez-vous bien lu ?

« Vous » (l. 147) représente :

❏ le narrateur ?

❏ les amis du père ?

❏ le lecteur ?

Les ennemis de Baba Yaga

1 Quel reproche les animaux ou objets adressent-ils à Baba Yaga ? Montrez que leurs phrases (l. 94 à 112) sont toutes construites de la même façon. Quel est l'effet produit ?

2 En quoi la serviette et le peigne donnés par le chat se transforment-ils ? Citez d'autres éléments merveilleux dans la fuite de Vassilissa.

Le retour à la maison

3 Expliquez les deux sens de l'expression : Baba Yaga « resta sur sa faim » (l. 126).

4 Quelle décision le père prend-il en écoutant le récit de sa fille ? Le lecteur a-t-il pitié de la marâtre ? Pour quelle raison ?

5 Comment comprenez-vous les premiers mots du conte : « Non loin d'ici... » (l. 1) ? Qui parle ? À quels moments ce dernier intervient-il de nouveau dans le conte ? Quel est l'effet produit ?

Vers l'expression

Vocabulaire

1. Trouvez l'intrus dans chacune des listes suivantes en vous aidant du dictionnaire :

a. *Taïga, jungle, savane, lande.* **b.** *Acariâtre, hargneux, affable, grinçant.*

2. Retrouvez le nom qui correspond aux verbes suivants.

Verbe	Nom
Ordonner	
Convoiter	

Verbe	Nom
Grincer	
Brûler	

Verbe	Nom
Jeter	
Fuir	

À vous de jouer

Écrivez un récit

Imaginez que Baba Yaga ait réussi à sortir de la forêt. Elle continue à poursuivre la petite fille. Racontez la suite des péripéties. N'hésitez pas à faire intervenir de nouveaux personnages ou objets merveilleux.

Faites une recherche

Vassilissa a perdu sa mère. Cherchez des ressemblances avec de jeunes héros ou héroïnes des contes de Perrault et de Grimm. Comment vivent-ils cette situation ? Peut-on en tirer une morale ?

Du texte à l'image

Observez l'illustration → voir dossier images p. II

Baba Yaga, illustration d'Ivan Bilibine, 1902.

1 Quel moment du conte est illustré ici ? Justifiez votre réponse.

2 Comment l'impression de mouvement est-elle rendue ?

3 Quels éléments physiques font de Baba Yaga une sorcière ?

4 Quel sentiment traduit l'expression de son visage ?

5 Faites une recherche sur l'illustrateur russe Ivan Bilibine.

Qui sont les personnages ?

L'Ours de la cuisine

Mohammed l'Avisé

Fils du roi, il est enfermé avec sa mère dans les caves du palais car son père a épousé en secondes noces la fille du roi des mauvais djinns. Un jour, il s'échappe de sa prison et prend le nom d'*Ours de la cuisine*.

➡ *Combien d'épreuves devra-t-il surmonter pour retrouver sa place auprès du roi ?*

La fille du roi des mauvais djinns

Derrière sa beauté et son charme se cachent de terribles projets. Animée d'une haine tenace contre Mohammed, elle organise un véritable complot contre lui.

➡ *Réussira-t-elle à tuer le jeune prince ?*

Le roi

Envoûté par sa nouvelle épouse, il accepte tous ses caprices, enferme sa première femme et impose à l'Ours de la cuisine épreuve sur épreuve.

➡ *Retrouvera-t-il la raison ?*

L'Ours de la cuisine

Il était une fois un roi qui vivait dans un palais entouré d'un grand jardin, au centre duquel s'élevait une magnifique fontaine. Un jour que le roi était à sa fenêtre, il vit, auprès de la fontaine, une très belle jeune fille inconnue, vêtue d'une étrange robe faite de plumes d'oiseaux. La jeune fille se déshabilla et plongea dans la fontaine. Elle s'y baigna un moment, puis en sortit ; elle se rhabilla de plumes et s'envola.

La jeune fille occupa aussitôt le cœur du roi ; il en était vraiment tombé amoureux. Il ne put dormir de la nuit, à cause de cette belle inconnue.

Pauvre roi ! il ignorait qu'elle était la fille du roi et de la reine des mauvais djinns, que ses frères étaient deux terribles taureaux, le taureau de la vallée noire et celui de la vallée rouge. Sa sœur était une grenade[1] monstrueuse qui engloutissait quiconque voulait la cueillir sur le grenadier de la vallée blanche. Le lendemain, au petit matin, le roi se dissimula dans les branches d'un arbre qui poussait tout près de la fontaine. Quand la jeune fille se fut dépouillée de sa robe de plumes pour plonger dans la fontaine, le roi descendit de l'arbre et prit la robe de plumes pour la cacher.

Il lui dit alors :

– Mes yeux sont éblouis par ta beauté. Viens avec moi au palais, et deviens ma femme.

– Mais tu as déjà une femme ! Et si tu la supprimais ? Enferme-la dans une sombre prison avec toutes ses esclaves. Si tu fais cela, je te suivrai et je deviendrai ta femme. Et rends-moi maintenant ma robe de plumes,

Les djinns

Les djinns sont des démons intelligents malfaisants ou bienfaisants, dans les légendes arabes. Ils habitent les endroits déserts, les points d'eau et peuvent apparaître sous différentes formes : végétale, animale ou humaine. Dotés de pouvoirs surnaturels, ils sont, comme les hommes, organisés en sociétés avec des lois. Le mot génie vient du terme *djinn*.

1. Fruit gros comme une orange, renfermant de nombreux pépins entourés d'une pulpe rouge.

sans laquelle je ne pourrais t'accompagner, répondit la belle inconnue.

Le roi ordonna aussitôt à ses gardes d'emprisonner la reine et toutes ses esclaves dans une grande prison qui se trouvait juste sous les cuisines royales. Puis il emmena la jeune inconnue, revêtue de ses plumes, dans son palais où il l'épousa sans attendre. Et rapidement il oublia même l'existence de sa première épouse.

C'est en prison que la reine mit au monde son fils ; elle le nomma Mohammed l'Avisé[1]. L'enfant grandit, et elle lui apprit à lire, à écrire, et à raisonner de façon juste.

Un jour, Mohammed l'Avisé entendit des voix au-dessus de sa tête. Il demanda à sa mère :

– Il existe d'autres gens que nous, au-dessus de nous ?

– Oui, mon fils, répondit la reine.

– Alors, pourquoi sommes-nous ici ? Pourquoi ne sortons-nous pas ?

La mère, pour répondre à la question de son fils, raconta toute son histoire.

Alors Mohammed l'Avisé poussa de toutes ses forces la porte et brisa les battants[2]. Il voulait aller voir qui étaient ces autres gens du dehors, comment était ce monde extérieur inconnu. Il pénétra dans les cuisines royales, au moment où le chef dressait les plats pour la table royale.

En voyant tous ces mets[3] appétissants, le jeune homme se précipita vers eux et les saisit à deux mains pour les manger. Mais les gens se jetèrent sur lui et l'emmenèrent de force dans un lieu inconnu ; il ne comprenait pas pourquoi on l'avait empêché de manger, alors qu'il avait faim.

1. Intelligent et prudent.
2. Parties mobiles d'une porte.
3. Plats.

– Pourquoi voulais-tu manger mon déjeuner? lui demanda le roi, quand le cuisinier, aidé des marmitons[4], l'eut amené devant sa Majesté.

– J'ai faim, répondit le jeune homme, comprenant que cet homme important assis sur un trône était le roi, son propre père, dont sa mère venait de lui parler.

– Comment t'appelles-tu? interroge le roi.

– Je n'ai pas de nom. Je suis orphelin, et on m'appelle couramment l'Ours de la cuisine, répondit Mohammed l'Avisé.

– Eh bien, mon garçon, dit le roi, puisqu'il en est ainsi, va à la cuisine, où tu travailleras comme marmiton. Le cuisinier en chef t'indiquera ce que tu auras à faire.

Mais la fille du roi des méchants djinns, qui avait bien reconnu le fils de la reine légitime, savait que c'était Mohammed l'Avisé. Et elle pensa qu'il lui fallait à toute force le faire périr, si elle voulait éviter sa propre perte.

Pour commencer, elle fit semblant d'être très malade. Le roi fit venir son médecin, pour qu'il l'examinât et la soignât.

– Tu n'es pas malade, dit le médecin à la deuxième épouse du roi.

– Il n'est pas de docteur qui puisse diagnostiquer ma maladie. Moi seule, je connais le remède qui me convient, répondit-elle.

– Et quel est ce remède? Le roi va me poser des questions, il faut que je le sache, dit le médecin.

La deuxième femme du roi répondit:

– Je ne puis me guérir qu'en mangeant le cœur du taureau de la vallée noire. Et dis au roi que ce cœur doit

4. Apprentis cuisiniers.

m'être apporté par le jeune garçon que l'on appelle l'Ours de la cuisine.

Quand le roi apprit le mal dont souffrait sa deuxième femme et qu'il sut ce qu'il fallait faire pour la guérir, il fit venir Mohammed l'Avisé et lui ordonna :

– Ours de la cuisine, je veux que tu m'apportes le cœur du taureau de la vallée noire.

– Je t'obéirai, mon roi, répondit le jeune homme. Mais je te prie d'ordonner que l'on me donne, pour la route, une bonne provision de nourriture et d'argent, car j'en aurai besoin.

Après avoir reçu ce qu'il avait demandé, le jeune homme sauta en selle et galopa à travers le désert brûlant. Il chevaucha toute la journée sous le soleil, puis il arriva au pied d'une grande dune de sable sur laquelle était assise une géante aux seins énormes. Descendant de sa monture, il s'approcha d'elle, but du lait de sa généreuse poitrine et lui dit, en s'inclinant jusqu'à terre :

– La paix soit avec toi, mère des géants.

– Tu as fort bien fait de me saluer et de boire mon lait. Sinon je t'aurais mangé pour mon souper. Dis-moi, dans quelle direction vas-tu ?

– Je cherche le taureau de la vallée noire. La femme du roi est malade, et le cœur de ce taureau est, dit-elle, le seul remède qui puisse la guérir, répondit le jeune homme.

– Ainsi, tu es Mohammed l'Avisé, le fils du roi. Je t'attendais. Je vais de bon cœur te porter aide, dans ton malheur. Tu as bu de mon lait, tu es donc devenu mon deuxième fils. Mon premier fils, Abdarrahim, sera heureux d'avoir un frère, dit la géante.

– Quelle aide peux-tu m'apporter ? demanda Mohammed l'Avisé, déjà impatient.

La géante sourit et elle lui donna un poignard et une boule d'ivoire en disant :

– Jette la boule au sol, et suis-la. Quand elle s'arrêtera apparaîtra le taureau que tu cherches. Frappe-le de ce poignard, et attends qu'il meure. Mais si le taureau hurle, s'il t'ordonne de le frapper encore un coup, méfie-toi et garde-toi[1] bien de lui obéir. Sinon, il te renversera et te piétinera à mort.

Après avoir remercié la géante, Mohammed l'Avisé jeta la boule d'ivoire devant lui, et la suivit. Toute la nuit il poussa sa monture[2] derrière la boule qui roulait devant eux. Elle ne s'est arrêtée qu'à l'aurore et, de la vallée noire, a émergé un énorme taureau. Sans hésiter un instant, Mohammed l'Avisé planta son poignard d'ivoire en plein cœur de la terrible bête.

– Frappe-moi encore une fois, l'Avisé ! beugla le taureau.

– Le coup d'essai de quelqu'un de ma force est un coup de maître et ne doit pas être répété, répondit Mohammed l'Avisé. Le taureau s'affaissa ; il était mort.

Mohammed l'Avisé lui fendit la poitrine, arracha son cœur et se hâta de retourner auprès de la géante. Dès qu'il lui eut rendu son poignard d'ivoire et la boule, il sauta en selle et galopa vers le palais royal.

– C'est bien, Ours de la cuisine. Je suis content de toi et en récompense, je te nomme cuisinier en chef, déclara le roi quand le jeune homme lui rapporta le cœur du taureau de la vallée noire.

1. Évite.
2. Son cheval.

Dès qu'elle fut en possession de ce cœur, la deuxième épouse du roi se précipita dans ses appartements[1] ; elle rangea le précieux cœur dans un coffre de bois d'ébène[2], en versant des larmes amères. Son frère était mort et elle était la cause directe de cette perte cruelle. Mais elle allait le venger ! Elle allait envoyer Mohammed l'Avisé à son deuxième frère, le taureau de la vallée rouge. Et cette fois-ci, Mohammed ne s'en sortirait pas !

Au bout d'un certain temps, elle fit semblant de retomber malade et elle dit au docteur : – Le seul remède à mon mal est le cœur du taureau de la vallée rouge. Il doit m'être apporté par l'Ours de la cuisine.

Le docteur en parla au roi qui, sans attendre, envoya Mohammed l'Avisé vers la vallée rouge.

Désormais, Mohammed savait ce qu'il avait à faire. Il alla directement auprès de la géante. Grâce à elle, il vint aisément à bout du taureau de la vallée rouge, et il en rapporta le cœur au roi.

La reine faillit crier de rage, lorsque le roi lui remit le cœur du taureau de la vallée rouge, son deuxième frère. Elle avait tant souhaité la mort de Mohammed l'Avisé, et c'est son frère, qui avait péri !

Elle se fit alors ce serment[3] : « Par Allah[4], l'Immortel, je jure que cette fois tu ne m'échapperas plus, maudit Avisé ! Je jure de me venger cruellement de toi. Je vais t'envoyer à ma sœur, la grenade géante. Elle saura, j'en suis sûre, me débarrasser de toi ! »

Au bout de deux semaines d'attente, elle plaça sous son matelas des croûtes de pain sec, très dures. Quand elle remuait dans le lit, le pain craquait.

1. Sa suite de pièces luxueuses.
2. Bois noir très foncé.
3. Cette promesse solennelle.
4. Dieu, en arabe.

– Qu'est-ce qui craque ainsi sous toi ? lui demanda le roi.

– Je crois que ce sont mes côtes qui sont malades. Je crains bien, mon roi, qu'une nouvelle maladie m'envahisse le corps, lui répondit la menteuse.

Le docteur, une fois encore convoqué, l'ausculta[5] et déclara :

– Tu n'es point malade, ma mie[6]. Tes côtes sont saines et fermes comme de jeunes cèdres[7].

– Vous autres, les docteurs, vous êtes des ignorants, rétorqua la reine en colère. Tu ne sais donc pas, docteur, que seule peut me guérir la grenade de la vallée blanche. Il faut que l'Ours de la cuisine aille me la chercher. C'est un messager fidèle et sûr.

Quand le roi connut le remède qui pouvait soigner sa deuxième épouse, il manda[8] aussitôt l'Ours de la cuisine :

– Va à la vallée blanche, et rapportes-en la grenade gigantesque. Et hâte-toi. La reine est gravement malade.

– À tes ordres, Sire le roi, répond alors Mohammed l'Avisé en s'inclinant très bas.

Puis il file comme le vent à travers le désert, vers sa mère nourricière, la géante assise sur la dune de sable.

– Il me faut la grenade géante de la vallée blanche ! crie-t-il, avec impatience, à peine descendu de sa selle.

– Hélas, mon fils, cette fois je ne pourrai pas te venir en aide, répond la géante, d'une voix triste. Mais attends un peu. Assieds-toi un instant. Peut-être mon fils Abdarrahim pourra-t-il t'aider !

On entend alors, venant de loin, un bruit de pas très lourds, pendant qu'un nuage de sable brûlant du désert se soulève. Quand les pas, qui se sont rapprochés, cessent

5. L'examina.
6. Mon amie.
7. Grands arbres méditerranéens.
8. Envoya chercher.

et que le nuage de sable est retombé, un géant, vraiment gigantesque, se tient devant eux ; sa tête va se perdre dans les hauteurs du ciel.

– Je sens la chair fraîche ! Maman, qui donc est venu nous rendre visite ? Donne-moi ce petit homme, car j'ai grand faim ! Je vais le manger pour souper, dit le géant d'une voix terrible, à en faire voler le sable des dunes.

– Calme-toi, mon fils. Ce petit homme est ton frère, car il a bu de mon lait. Et il a besoin de ton aide, répond la géante, en montrant à son géant de fils notre ami, Mohammed l'Avisé.

– Sois le bienvenu, mon petit frère. Et dis-moi ce qui te tracasse. Je t'aiderai bien volontiers, dit le géant Abdarrahim.

– Il faut que je rapporte à la deuxième épouse du roi la grenade de la vallée blanche. La deuxième femme du roi est malade, et prétend qu'elle guérira si elle mange cette grenade, explique Mohammed l'Avisé.

Le géant Abdarrahim s'exclame :

– Mais, petit frère, cette grenade est la propre sœur de la reine ! Et elle te tuera, si tu pénètres dans ses jardins !

– Il me faut pourtant rapporter cette grenade. Le roi mon père le désire. Je ne puis le décevoir. Si tu ne peux m'aider, je tirerai un plan[1] tout seul, dit Mohammed l'Avisé, en se préparant à repartir.

– Attends donc un peu. Et écoute-moi, sinon tu ne retourneras jamais parmi les vivants, insiste le géant.

Comme l'impatient et fougueux[2] jeune homme se montre prêt à l'écouter, le géant poursuit :

– Voici un grand panier. Remplis-le de ces petits pains tout ronds que notre mère est en train de cuire. Ajoute

1. Je chercherai une solution.
2. Enthousiaste, ardent.

un beau morceau de viande et ce rouleau de toile. Et prends aussi cette bague, que je te prête. Tu la jetteras et la suivras, tant qu'elle roulera. Elle te mènera à la porte des grands jardins de la vallée blanche. Cette porte sera gardée par deux grands chiens terribles. Tu leur jetteras le pain, et avanceras jusqu'à une deuxième porte. Rappelle-toi bien, surtout, que tu ne peux te retourner, sinon c'en sera fini de toi. À la deuxième porte deux énormes géants te guetteront. Jette-leur des petits pains et ne te soucie pas davantage d'eux. L'arbre qui porte la grenade pousse au centre d'une magnifique fontaine entourée de buissons touffus de roses et de jasmins. Je ne puis t'en dire davantage, mon frère. Lorsque tu cueilleras la grenade, il faut que tu décides tout seul ce que tu dois faire. Peut-être seras-tu aidé par la viande et la toile. Tu seras victorieux si, dans la grenade, tu entends tonner et gronder comme l'orage. Si tu perds, ce fruit énorme n'émettra pas le moindre son, mais t'avalera tout entier. Bonne chance, mon frère. Il me faut aller chercher quelque chose à me mettre sous la dent. Sinon je vais mourir de faim.

Abdarrahim ne s'était pas encore perdu dans son nuage de poussière que la géante avait achevé de cuire des petits pains ronds ; elle en remplit un grand panier ; elle y ajouta une belle pièce de viande crue et un volumineux rouleau de toile. Mohammed l'Avisé la remercia et se mit en route.

Son cheval trottait derrière la bague qu'il avait jetée et qui roulait devant eux. Tout s'est passé comme l'avait annoncé le géant : la bague s'est arrêtée devant la porte du jardin de la vallée blanche ; Mohammed l'Avisé a donné à manger aux chiens et aux géants de la deuxième porte ;

puis il est parvenu dans l'eau de la fontaine, au pied du grenadier et a tendu la main vers le fruit gigantesque.

Alors le fruit s'ouvrit comme une large bouche prête à engloutir le jeune homme. Mohammed l'Avisé y jeta vite toute la viande et la toile. La grenade poussa un soupir et se referma. Soudain elle se mit à trembler ; elle frémissait tant que l'arbre entier se balançait avec elle. On entendit un formidable craquement, comme si la foudre était tombée sur l'arbre, accompagné d'un roulement, d'un fracas de tonnerre. Puis le fracas cessa comme par enchantement. Tout se tut. Les géants et les chiens avaient disparu et aux pieds de Mohammed l'Avisé, gisait la grenade gigantesque.

Le jeune homme déposa la grenade dans son panier, il plaça le panier sur le cheval, et se hâta vers la mère géante et son fils Abdarrahim.

Il rendit la bague prêtée par le géant, tout en le remerciant de sa précieuse collaboration ; il exprima sa profonde reconnaissance à la mère géante, et repartit vers le palais du roi.

Le roi félicita vivement Mohammed l'Avisé du succès de sa mission et il se hâta d'aller lui-même porter la grenade géante à sa deuxième femme.

En voyant la grenade, la seconde reine ne sut si elle allait éclater de rage ou en sanglots de tristesse. Elle avait donc causé aussi la perte de sa sœur aînée ! Mais cette fois, elle allait se venger ; elle viendrait à bout de ce misérable Mohammed l'Avisé ! Le roi des mauvais djinns la vengerait lui-même ! Elle allait envoyer Mohammed à son père, le grand roi des djinns. Il saurait bien, lui, se défaire de ce jeune fils de roi des hommes. Et s'il échouait

→ Du texte à l'image p. 24

Hansel et Gretel

Illustration de Kay Nielsen, 1929.

→ Du texte à l'image p. 37

Baba Yaga

Illustration d'Ivan Bilibine, 1902.

→ Du texte à l'image p. 60

L'Amour maternel

Aurélie Rousille, 2007.

→ Du texte à l'image p. 85

La Sorcière

Lucien Lévy-Dhurmer, 1897.

comme ses frères et sa sœur, les amis du roi des djinns le tueraient, eux qui se sont rassemblés autour de leur roi pour le réconforter dans la perte cruelle qu'il vient d'éprouver, à cause de Mohammed l'Avisé.

Elle manda[1] alors sur l'heure un courrier auprès de son père, avec le message suivant : « Dis à mon père, le roi des mauvais esprits, que bientôt se présentera chez lui le jeune homme qui a tué ses deux fils, le taureau de la vallée rouge et celui de la vallée noire, et sa fille aînée, la grenade gigantesque. Qu'il fasse périr cet impudent[2] sur le bûcher ardent[3] ! Seul le feu pourra nous venger et nous débarrasser de cet ennemi perfide[4]. Que mon père se souvienne bien que ce misérable a pour nom Mohammed l'Avisé, et que parfois on l'appelle aussi l'Ours de la cuisine. »

Quinze jours s'étaient écoulés, quand la reine tomba à nouveau malade.

– Tu n'es pas encore guérie ? N'as-tu pas mangé la grenade ? l'interroge le roi, en la rejoignant le soir.

D'un air triste et découragé, la reine lui répond :

– Cette grenade est un merveilleux remède, à condition d'être mangée dans un palais volant.

– Dans un palais volant ? Et où y aurait-il un tel palais ? s'étonne le roi.

– Ce palais existe. Il se trouve tout près du mont Kaf. Ordonne à l'Ours de la cuisine, ô mon roi, d'apporter ici ce palais. S'il y parvient, je guérirai vite, et plus jamais je ne serai malade, dit la deuxième femme au roi, son époux.

Le roi n'a pas hésité à la satisfaire. Il fait venir l'Ours de la cuisine et lui a ordonné de se rendre au mont Kaf et d'en rapporter le palais volant.

1. Envoya.
2. Insolent.
3. Enflammé.
4. Dangereux.

Le jeune homme s'est incliné et est parti. Mais au lieu de se diriger vers le mont Kaf, il est allé consulter sa mère géante.

– Que veux-tu encore, mon fils ? lui demande la géante en le voyant arriver, tout essoufflé.

– Me voilà devant de nouvelles difficultés, petite mère ! Maintenant, le roi veut que je lui rapporte le palais volant, explique Mohammed l'Avisé.

– Je vais te dire comment faire. Mais tu devras être très prudent, avisé et courageux. Voici de la peinture noire, tu t'en passeras sur tout le corps. Emporte un peu de cette résine[1] odorante et savoureuse : elle endort. Dès que tu auras pénétré dans le palais, dissimule-toi dans la première chambre tout de suite après le portail d'entrée. Personne ne doit te voir, sinon les djinns te mettront en pièces ou te jetteront au feu. Le soir venu, une esclave viendra dans cette chambre pour débarrasser la table des reliefs[2] du repas de midi. Salue-la, et demande-lui : « Comment vas-tu, ma chère cousine ? » Puis tu lui offriras un peu de cette résine. L'esclave la mangera, et peut-être te conduira-t-elle à sa chambre. À partir de là, tu dois seul trouver ce qu'il te faudra faire. Personne au monde ne sait ce qui t'attend là. Mais une chose est certaine, c'est qu'il s'y trouvera une clé ou bien une bague qui enlève tout le palais dans les airs. J'ignore la façon dont tu te débarrasseras du roi des mauvais djinns, de sa femme et de tous ses invités. Il te faut espérer en la protection d'Allah, lui seul te conduira au but.

Le jeune homme s'est enduit de peinture noire, il a pris la résine, a fait ses adieux à sa mère géante et s'est mis en route vers le mont Kaf. Parvenu au palais, il a pu passer la

1. Sorte de cire végétale collante.
2. Restes.

porte sans se faire remarquer, et pénétrer dans la première chambre. Le soir, l'esclave est venue dans cette pièce.

– Bonsoir, ma chère cousine, comment vas-tu ? lui dit le jeune homme.

– D'où sors-tu ? lui demande l'esclave, intriguée.

– Mon seigneur et ma maîtresse se trouvent dans les salons de l'étage, ils réconfortent le roi et la reine de leur douleur infinie, répond Mohammed l'Avisé, sans se démonter[3].

– Toi, tu n'es sûrement pas mon cousin, lui dit l'esclave. Tes yeux sont noirs comme ceux de l'Ours de la cuisine. Je vais appeler mon maître et lui dire de te jeter au feu.

Alors Mohammed l'Avisé lui présenta de la résine parfumée ; l'esclave, séduite par l'odeur, la prit en le remerciant et se mit à la mâcher avec plaisir.

Alors elle a dit :

– Pour te remercier de ce délicieux bonbon, je vais te laisser vivre jusqu'à demain. Viens dans ma chambre, tu dormiras chez moi. Mais demain matin je te mènerai à mon maître et il te fera brûler sur le plus grand des bûchers.

Quand il fut allongé sur la couche[4], le jeune homme vit, suspendues au plafond, une petite bouteille, une épée et une bague.

– À quoi servent ces objets pendus au-dessus de ma tête ? demanda-t-il à la jeune esclave.

Mais elle, sous l'empire de la gomme narcotique[5], s'endormait déjà. Elle était déjà perdue dans le pays des rêves, quand elle répondit :

– Le flacon recèle[6] la vie de ma maîtresse, la plus jeune des filles du roi des djinns. C'est une épée enchantée, qui

3. Sans perdre son assurance.
4. Le lit.
5. Pâte qui endort.
6. Contient.

pend à côté. Si quelqu'un lui commande : « Taille autour de toi sans épargner personne », cette épée tue tout ce qui se trouve à sa portée. La bague aussi est magique. Si quelqu'un, l'ayant à son doigt, en frappe un mur du palais en disant : « Vole, palais, prends ton envol dans les airs », le palais s'envole, et va se poser là où on le lui commande, au bout du monde si l'on veut !

– Et où est cachée ta vie à toi, petite cousine ? demande Mohammed l'Avisé d'une voix douce.

– Ma vie est gardée par un insecte qui vit ici, dans cette chambre. Si quelqu'un tue cet insecte, il me tue du même coup, répondit-elle encore, avant de s'endormir profondément.

Le jeune homme prenait bien garde de ne pas s'endormir. Avant tout, il lui fallait tuer l'insecte. Il lui serait ensuite facile de prendre les objets qui pendent au-dessus de sa tête. Il se met à examiner attentivement chaque coin, chaque fente, dans le plancher et les murs de la chambre.

Il n'eut pas à chercher longtemps. D'une fente, près de la porte, sortit un grand scarabée, magnifique, qui se dirigea tout droit vers le lit. Sans hésiter, Mohammed l'Avisé l'écrasa sans pitié. Au même instant un gros soupir s'exhala[1] de la couche voisine ; l'esclave était morte.

Le jeune homme grimpa au plafond ; il en détacha le flacon, l'épée et la bague, puis brandissant l'épée, il s'élança vers la chambre de l'étage où les invités réconfortaient le roi et la reine des mauvais djinns.

« Taille autour de toi sans épargner personne », clama le jeune Mohammed l'Avisé, en faisant irruption dans la pièce. Et l'épée a taillé, frappé, tué, tant et si bien, que

1. Sortit.

bientôt tous gisaient morts, le roi, la reine des mauvais djinns et tous les invités.

Ensuite le jeune homme frappa du doigt où était passée la bague, un mur du palais en disant : « Vole, palais, prends ton envol dans les airs », et il ajouta aussitôt : « Vole vers le palais du roi mon père, emporte-moi là-bas ! » Il avait à peine fini de prononcer ces paroles, que le palais se souleva, s'envola, et se posa bientôt en face du palais du père de Mohammed l'Avisé.

– Tu es courageux, Ours de la cuisine, je te félicite et je suis heureux de te voir revenir, s'écria le roi, quand Mohammed l'Avisé se trouva devant lui, dans sa chambre.

– Je ne m'appelle pas Ours de la cuisine. Mon nom est Mohammed l'Avisé et je suis ton fils, ô mon roi ! répondit le jeune homme.

– Comment peux-tu être mon fils ? Tu veux te moquer de moi, au moment où je me fais tant de souci pour la maladie de la reine, mon épouse ?

– Je suis un enfant royal, le fils de ta première femme, celle que tu as fait enfermer dans une sombre geôle[2] sous tes cuisines. Et pour la remplacer tu as pris pour femme une méchante sorcière, une fille du roi des mauvais djinns. Elle a si bien aveuglé par ses charmes tes yeux et ton cœur, que tu as complètement oublié ta première femme, expliqua Mohammed l'Avisé, et sans plus attendre il courut vers la chambre de la deuxième femme du roi.

Dès son entrée dans la chambre, il cria :

– Tu voulais ma mort ? Regarde bien ! Je suis vivant. Mais tes frères, ta sœur et tes parents sont morts. Et je tiens ta propre vie dans mes mains. Tu connais sûrement

Les charmes

Le mot *charme* vient du latin *carmen* qui signifie « formule magique » puis « chant pour envoûter ». Son sens évolue ensuite vers celui de « beauté ». Le roi a donc succombé à la fois aux sortilèges et à la grâce infinie de sa deuxième femme.

2. Prison.

ce petit flacon. Si tu fais libérer ma mère et toutes ses esclaves, je te le rendrai. Mais après, tu t'en retourneras au mont Kaf, et plus jamais tu ne te montreras en ces lieux.

Pâle de terreur et de rage, la vilaine sorcière se précipita vers la prison où était enfermée depuis si longtemps la vraie reine, la mère de Mohammed l'Avisé, avec ses esclaves ; elle ouvrit la porte et libéra tout le monde. Mohammed l'avait suivie ; il lui tendit le flacon qui contenait sa vie, en lui disant :

– Voici, prends ceci, c'est à toi.

Mais elle se saisit du flacon d'une main si tremblante qu'il lui échappa. Le flacon, en tombant sur le sol de pierre, se brisa en mille morceaux. La méchante sorcière s'affaissa. Elle était morte.

Le vieux roi, pleurant amèrement sur son erreur, plaça son fils, Mohammed l'Avisé, à sa place sur le trône, et alla implorer le pardon de sa première femme. Mohammed l'Avisé, le bien nommé, régna avec beaucoup de sagesse, dans la justice et la bonté, si bien que tout le monde l'appréciait et l'aimait beaucoup.

Conte raconté par Jirí Tomek, traduction d'Yvette Joye,
Contes arabes, © Gründ, 1978.

Sorciers, gravure du XIXᵉ s.

Pause lecture 3

Un roi amoureux (l. 1 à 73)

Avez-vous bien lu ?

Pourquoi Mohammed prend-il un surnom ?

❏ Il veut devenir cuisinier.
❏ Il aime la solitude.
❏ Il craint la réaction du roi.

Une étrange apparition

1 Quel temps est employé pour décrire ce que voit le roi (l. 3 à 8) ? À quel autre temps succède-t-il ? Justifiez leurs emplois.

2 Qui est la jeune femme rencontrée près de la fontaine ? De qui se compose sa famille ?

Amoureux ou charmé ?

3 Où se cache le roi le lendemain matin ? Quelle ruse emploie-t-il pour forcer la jeune femme à l'épouser ? Est-il vraiment maître de sa décision ?

4 Relevez les mots qui expriment la rapidité du mariage (l. 32 à 37). Que montrent-ils ?

L'enfance de Mohammed

5 Comment la reine éduque-t-elle son fils ? Quelle décision ce dernier prend-il un jour ? De quelles qualités fait-il ainsi preuve ?

6 À quelle occasion Mohammed rencontre-t-il son père ? Pourquoi ne lui révèle-t-il pas son véritable nom ?

Le complot d'une femme (l. 74 à 311)

Avez-vous bien lu ?

Pourquoi la deuxième épouse du roi fait-elle semblant d'être malade ?

- ❑ Pour que le roi s'occupe d'elle.
- ❑ Pour que Mohammed parte chercher un remède.
- ❑ Pour obtenir des cadeaux.

Une ennemie acharnée

1 Qui a choisi ce que l'Ours de la cuisine doit rapporter ? Pourquoi ce choix ?

2 Qui n'est pas dupe de la ruse de la deuxième femme du roi ? Pourquoi ne dénonce-t-il pas ses mensonges ?

3 Quels sentiments animent la deuxième femme du roi lorsque l'Ours de la cuisine revient de sa mission ?

Des aides efficaces

4 Qui aide l'Ours de la cuisine dans les deux premières épreuves ? Pourquoi une telle bienveillance ? Pour quelle raison la deuxième épreuve est-elle racontée beaucoup plus rapidement que la première ?

5 Qui vient en aide à l'Ours de la cuisine pour la troisième épreuve ? Que donne-t-il au héros ? Pourquoi la dernière épreuve est-elle plus difficile que les deux précédentes ?

6 Quelles qualités permettent à Mohammed de franchir tous ces obstacles ?

Le triomphe de la vérité (l. 312 à 483)

Avez-vous bien lu ?

Pourquoi la jeune esclave s'endort-elle ?

- ❑ Elle est amoureuse et confiante.
- ❑ Sa journée a été épuisante.
- ❑ La résine fait son effet.

La dernière épreuve

1 Pourquoi la deuxième femme du roi prévient-elle son père ? Que lui demande-t-elle ?

2 Jusqu'à quel moment la mère géante donne-t-elle des conseils à Mohammed ? Que doit-il accomplir ensuite ?

3 Montrez que la jeune esclave est à la fois un opposant et une aide pour l'Ours de la cuisine. Quels objets magiques aident le héros ?

Le retour au château

4 Quelle qualité le roi reconnaît-il à Mohammed l'Avisé ? Que lui révèle alors le jeune héros ?

5 Que propose ensuite Mohammed à la deuxième épouse du roi ? Qu'arrive-t-il à cette femme ? Qui en est responsable ?

6 Que ressent le roi face à cette aventure ? Quelle décision prend-il ? Quelle est, selon vous, la morale de ce conte ?

Vers l'expression

Vocabulaire

1. Trouvez un synonyme pour chacun des mots suivants :
Dupe – courageux – avisé – hostile – ingénieux – haineux.

2. Recopiez et complétez le texte suivant avec les adjectifs de l'exercice 1.
On me nomme Mohammed l'**(1)**. La fille du roi des mauvais djinns se montre **(2)** envers moi. Aussi belle que **(3)**, elle organise un véritable complot pour me tuer. Cependant, mes qualités me mèneront à la victoire, car je suis **(4)** et **(5)**.

3. Mohammed s'illustre fréquemment par son courage. Donnez l'étymologie et la définition du mot courage, avant de trouver son antonyme.

À vous de jouer

Faites une recherche

« Rappelle-toi bien, surtout, que tu ne peux te retourner, sinon c'en sera fini de toi. » Retrouvez, dans la mythologie, l'histoire d'Orphée et Eurydice reprenant le même thème. Orphée sort-il vainqueur de cette épreuve ?

Rédigez une lettre

Imaginez que Mohammed l'Avisé écrive une lettre à sa mère restée dans la prison du château après les trois premières épreuves. Il lui raconte ses exploits et lui fait part de ses sentiments.

Du texte à l'image

Observez l'illustration → voir dossier images p. III

Aurélie Rousille, *L'Amour maternel*, 2007.

1 Que fait l'ogresse représentée sur cette illustration ?

2 Observez ses gestes et ses proportions. Quelle partie du visage est soulignée ? Pour quelle raison, selon vous ?

3 En vous inspirant de tous les détails de l'image, donnez votre propre titre à cette illustration.

4 Quels animaux sont représentés ?

5 En quoi ce document se différencie-t-il des trois autres illustrations ?

Qui êtes-vous, Pierre Gripari ?

Comment est née votre vocation ?

Je suis né en 1925 à Paris. Enfant, je dévore les romans de Dickens, London ou Kipling. Décidé à devenir écrivain, je rédige de « petites histoires », puis je découvre Victor Hugo et Jules Verne. Lorsque les matières m'intéressent, comme le français par exemple, je suis bon élève.

Après mon baccalauréat, je m'engage dans des études de Lettres. En 1944, mon père est tué par le mitraillage d'un avion américain. J'abandonne mes études et exerce divers métiers : commis agricole, dactylo, surveillant d'études ou pianiste de bal le samedi soir. En 1946, pendant trois ans, je m'engage à Bayonne dans les troupes aéroportées (c'est-à-dire les parachutistes).

De 1950 à 1957, j'écris mes premiers textes dramatiques tout en travaillant. Ma première pièce, *Lieutenant Tenant*, est créée en 1962 et elle obtient un très grand succès. J'édite aussi un recueil de nouvelles, *Diable, Dieu et autres contes de menterie*, en 1965 et crée une nouvelle pièce, *La Divine Farce* : j'y joue le rôle du bourreau.

Parlez-nous de vos œuvres.

Mon petit hôtel meublé du Ve arrondissement, non loin de la rue Broca, m'inspire immédiatement : je fréquente l'épicerie-buvette de Papa Saïd, l'un de mes amis. En 1967 paraissent les *Contes de la rue Broca* qui feront ma célébrité. Vendus à plusieurs centaines de milliers d'exemplaires, ils seront traduits en diverses langues et adaptés pour le théâtre, l'opéra et la télévision.

Lors d'une émission radiophonique, je confie : « La pauvreté, je l'ai connue, je la connais... mais le jeu vaut la peine qu'on fasse des petits sacrifices ! » En effet, entre 1968 et 1972, dix-sept éditeurs refusent mes manuscrits. Je finis enfin par publier un recueil de nouvelles, *L'Arrière-Monde et autres diableries*, *Gueule d'aminche*, un roman policier, puis un recueil de poèmes, *Le Solilesse*, et un roman épistolaire, *Frère Gaucher ou le Voyage en Chine*. Le prix Voltaire couronne l'ensemble de mes œuvres en 1976.

Quand êtes-vous devenu celèbre ?

À partir de 1979, je parviens à vivre de mes droits d'auteur. Je collabore à une émission de radio, *Les Papous dans la tête*, et j'écris des critiques littéraires et théâtrales dans les journaux.

Les années 1980 sont riches en publications : recueils de pièces de théâtre, de poèmes, entretiens, contes, nouvelles et romans dont *Moi, Mitounet-Joli* (1982), relatant les aventures d'un jeune Martien, les *Contes de la Folie-Méricourt* (1983), *Jean-Yves à qui rien n'arrive* (1985) et les *Contes d'ailleurs et d'autre part* (1990). Les *Contes cuistres* obtiendront, en 1988, le prix de la Nouvelle de l'Académie française.

Ma célébrité ne change rien à mes habitudes de vie très simples et j'écris dans mon autobiographie : « Pierre Gripari tient le don d'écrire des grimoires. Il en écrit beaucoup, peut-être en avez-vous vu quelques-uns ? On les reconnaît tout de suite parce qu'il y est toujours question de diables et de sorcières. » ■

Pierre Gripari est mort le 23 décembre 1990 à Paris.

Qui sont les personnages ?

La Sorcière du placard aux balais

Monsieur Pierre

Tout content d'avoir acheté une maison, il s'étonne de l'étrange réaction du notaire et de ses voisins. Il n'est encore qu'au début de ses découvertes.

➨ *Quel secret hante cette habitation ?*

La sorcière

Il suffit de chanter : « Sorcière, sorcière, prends garde à ton derrière ! » et elle sort furieuse du placard aux balais.

➨ *Quels sont ses pouvoirs ?*

Le notaire

Quel cachottier ! Il a vendu à M. Pierre une maison sans lui en révéler le secret.

➨ *Pourquoi rit-il sans cesse ?*

Bachir l'épicier

Cet épicier de la rue Broca possède d'étranges animaux.

➨ *Ses petits pensionnaires aideront-ils M. Pierre à surmonter ses difficultés ?*

La Sorcière du placard aux balais

C'est moi, monsieur Pierre, qui parle, et c'est à moi qu'est arrivée l'histoire.

Un jour, en fouillant dans ma poche, je trouve une pièce de cinq nouveaux francs. Je me dis :

– Chouette ! Je suis riche ! Je vais pouvoir m'acheter une maison !

Et je cours aussitôt chez le notaire[1] :

– Bonjour, monsieur le Notaire ! Vous n'auriez pas une maison dans les cinq cents francs ?

– Cinq cents francs comment ? Anciens ou nouveaux ?

– Anciens, naturellement !

– Ah non, me dit le notaire, je suis désolé ! J'ai des maisons à deux millions, à cinq millions, à dix millions, mais pas à cinq cents francs !

Moi, j'insiste quand même :

– Vraiment ? Et en cherchant bien, voyons... Pas même une toute petite ?

À ce moment, le notaire se frappe le front :

– Mais si, j'y pense ! Attendez un peu...

Il fouille dans ses tiroirs et en tire un dossier :

– Tenez, voici : une petite villa située sur la grand-rue, avec chambre, cuisine, salle de bains, living-room[2], pipi-room[3] et placard aux balais.

– Combien ?

– Trois francs cinquante. Avec les frais, cela fera cinq nouveaux francs exactement.

– C'est bon, j'achète.

Des anciens francs aux euros

L'euro a été mis en circulation en France le 1er janvier 2002 ; il a remplacé le franc. Institués en 1960, les « nouveaux francs » ont eux-mêmes succédé aux anciens francs : 100 anciens francs valaient 1 nouveau franc. Aujourd'hui, 1 euro vaut environ 6,56 francs.

1. Personne chargée de rédiger des contrats, testaments et transactions immobilières.
2. Terme anglais désignant le salon.
3. Jeu de mots franco-anglais.

Je pose fièrement sur le bureau ma pièce de cent nouveaux sous[1]. Le notaire la prend, et me tend le contrat :

– Tenez, signez ici. Et là, vos initiales. Et là encore. Et là aussi.

Je signe et je lui rends le papier en lui disant :

– Ça va, comme ça ?

Il me répond :

– Parfait, hihihihi !

Je le regarde, intrigué :

– De quoi riez-vous ?

– De rien, de rien… Haha !

Je n'aimais pas beaucoup ce rire. C'était un petit rire nerveux, celui de quelqu'un qui vient de vous jouer un méchant tour. Je demande encore :

– Enfin quoi, cette maison, elle existe ?

– Certainement. Héhéhé !

– Elle est solide, au moins ? Elle ne va pas me tomber sur la tête ?

– Hoho ! Certainement non !

– Alors ? Qu'est-ce qu'il y a de drôle ?

– Mais rien, je vous dis ! D'ailleurs, voici la clé, vous irez voir vous-même… Bonne chance ! Houhouhou !

Je prends la clé, je sors, et je vais visiter la maison. C'était, ma foi, une fort jolie petite maison, coquette, bien exposée, avec chambre, cuisine, salle de bains, living-room, pipi-room et placard aux balais. La visite une fois terminée, je me dis :

« Si j'allais saluer mes nouveaux voisins ? »

Allez, en route ! Je vais frapper chez mon voisin de gauche :

1. Autrefois, 1 sou valait 5 centimes. Donc 100 sous valaient 500 centimes, c'est-à-dire 5 francs.

– Bonjour, voisin ! Je suis votre voisin de droite ! C'est moi qui viens d'acheter la petite maison avec chambre, cuisine, salle de bains, living-room, pipi-room et placard aux balais !

Là-dessus je vois le bonhomme qui devient tout pâle. Il me regarde d'un air horrifié, et pan ! sans une parole, il me claque la porte au nez ! Moi, sans malice[2], je me dis :

« Tiens ! Quel original[3] ! »

Et je vais frapper chez ma voisine de droite :

– Bonjour, voisine ! Je suis votre voisin de gauche ! C'est moi qui viens d'acheter la petite maison avec chambre, cuisine, salle de bains, living-room, pipi-room et placard aux balais !

Là dessus, je vois la vieille qui joint les mains, me regarde avec infiniment de compassion[4] et se met à gémir !

– Hélas, mon pauv' monsieur, v'avez ben du malheur ! C'est-y pas une misère, un gentil p'tit jeune homme comme vous ! Enfin p'tête ben qu'vous vous en sortirez... Tant qu'y a d'la vie y a de l'espoir, comme on dit, et tant qu'on a la santé...

Moi, d'entendre ça, je commence à m'inquiéter :

– Mais enfin, chère madame, pouvez-vous m'expliquer, à la fin ? Toutes les personnes à qui je parle de cette maison...

Mais la vieille m'interrompt aussitôt :

– Excusez-moi, mon bon monsieur, mais j'ai mon rôti au four... Faut que j'y aille voir si je veux point qu'il grâle[5] !

Et pan ! Elle me claque la porte au nez, elle aussi.

Cette fois, la colère me prend. Je retourne chez le notaire et je lui dis :

Les onomatopées

Ces mots imitent les sons. Ainsi, la porte de la voisine qui claque fait-elle « pan ». On aurait pu trouver « vlan ». Une explosion est traduite par « boum » ou le bruit d'une horloge par « tic tac ».

2. Sans méchanceté.
3. Personne bizarre.
4. Pitié.
5. Brûle (terme familier).

– Maintenant, vous allez me dire ce qu'elle a de particulier, ma maison, que je m'amuse avec vous ! Et si vous ne voulez pas me le dire, je vous casse la tête !

Et, en disant ces mots, j'attrape le gros cendrier de verre. Cette fois, le type ne rit plus :

– Hé ! Là, doucement ! Calmez-vous, cher monsieur ! Posez ça là. Asseyez-vous !

– Parlez d'abord !

– Mais oui, je vais parler ! Après tout, maintenant que le contrat est signé, je peux bien vous le dire… la maison est hantée !

– Hantée ? Hantée par qui ?

– Par la sorcière du placard aux balais !

– Vous ne pouviez pas me le dire plus tôt ?

– Eh non ! Si je vous l'avais dit, vous n'auriez plus voulu acheter la maison, et moi je voulais la vendre. Hihihi !

– Finissez de rire, ou je vous casse la tête !

– C'est bon, c'est bon…

– Mais dites-moi donc, j'y pense : je l'ai visité, ce placard aux balais, il y a un quart d'heure à peine… Je n'y ai pas vu de sorcière !

– C'est qu'elle n'y est pas dans la journée ! Elle ne vient que la nuit !

– Et qu'est-ce qu'elle fait, la nuit ?

– Oh ! Elle se tient tranquille, elle ne fait pas de bruit, elle reste là, bien sage, dans son placard… seulement, attention ! Si vous avez le malheur de chanter :

Sorcière, sorcière,
Prends garde à ton derrière !

À ce moment-là, elle sort… Et c'est tant pis pour vous !

Moi, en entendant ça, je me relève d'un bond et je me mets à crier :

– Espèce d'idiot ! Vous aviez besoin de me chanter ça ! Jamais il ne me serait venu l'idée d'une pareille ânerie[1] ! Maintenant, je ne vais plus penser à autre chose !

– C'est exprès ! Hihihi !

Et, comme j'allais sauter sur lui, le notaire s'enfuit par une porte dérobée.

Que faire ? Je rentre chez moi en me disant :

– Après tout, je n'ai qu'à faire attention… Essayons d'oublier cette chanson idiote !

Facile à dire ! Des paroles comme celles-là ne se laissent pas oublier ! Les premiers mois, bien sûr, je me tenais sur mes gardes… Et puis, au bout d'un an et demi, la maison, je la connaissais, je m'y étais habitué, elle m'était familière… Alors j'ai commencé à chanter la chanson pendant le jour, aux heures où la sorcière n'était pas là… Et puis dehors, où je ne risquais rien… Et puis je me suis mis à la chanter la nuit, dans la maison – mais pas entièrement ! Je disais simplement :

Sorcière, sorcière…

et puis je m'arrêtais. Il me semblait alors que la porte du placard aux balais se mettait à frémir… Mais comme j'en restais là, la sorcière ne pouvait rien. Alors, voyant cela, je me suis mis à en dire chaque jour un peu plus : *Prends garde…* puis *Prends garde à…* et puis *Prends garde à ton…* et enfin *Prends garde à ton derr…* je m'arrêtais juste à temps ! Il n'y avait plus de doute, la porte frémissait, tremblait, sur le point de s'ouvrir… Ce que la sorcière devait rager, à l'intérieur !

1. Sottise.

Ce petit jeu s'est poursuivi jusqu'à Noël dernier. Cette nuit-là, après avoir réveillonné chez des amis, je rentre chez moi, un peu pompette[1], sur le coup de quatre heures du matin, en me chantant tout au long de la route :

Sorcière, sorcière,
Prends garde à ton derrière !

Bien entendu, je ne risquais rien, j'étais dehors. J'arrive dans la grand-rue : *Sorcière, sorcière*… je m'arrête devant ma porte : *Prends garde à ton derrière* !… Je sors la clef de ma poche : *Sorcière, sorcière*… je ne risquais toujours rien… Je glisse la clef dans la serrure : *Prends garde à ton derrière*… Je tourne, j'entre, je retire la clef, je referme la porte derrière moi, je m'engage dans le couloir en direction de l'escalier…

Sorcière, sorcière,
Prends garde à ton derrière !

Zut ! Ça y était ! Cette fois, je l'avais dit ! Au même moment j'entends, tout près de moi, une petite voix pointue, aigre[2], méchante :

– Ah, vraiment ! Et pourquoi est-ce que je dois prendre garde à mon derrière ?

C'était elle. La porte du placard était ouverte, et elle était campée dans l'ouverture, le poing droit sur la hanche et un de mes balais dans la main gauche. Bien entendu, j'essaie de m'excuser :

– Oh ! Je vous demande pardon, madame ! C'est un moment de distraction… J'avais oublié que… Enfin, je veux dire… J'ai chanté ça sans y penser…

Elle ricane doucement :

La tentation

De nombreux héros de contes sont soumis à la tentation. Ainsi, l'héroïne de *La Barbe Bleue* est-elle tentée d'ouvrir la porte d'une pièce interdite. La clef ensanglantée la trahit, mais sa découverte l'alerte et la sauve, après quelques sueurs froides. La tentation est souvent la dernière étape avant la délivrance.

1. Un peu ivre.
2. Désagréable et perçante.

– Sans y penser? Menteur! Depuis deux ans tu ne penses qu'à ça! Tu te moquais de moi, n'est-ce pas, lorsque tu t'arrêtais au dernier mot, à la dernière syllabe! Mais moi, je me disais: «Patience, mon mignon!» Un jour, tu la cracheras, ta petite chanson, d'un bout à l'autre, et ce jour-là ce sera mon tour de m'amuser… Eh bien, voilà! C'est arrivé!

Moi, je tombe à genoux et je me mets à supplier:

– Pitié, madame! Ne me faites pas de mal! Je n'ai pas voulu vous offenser[3]! J'aime beaucoup les sorcières! J'ai de très bonnes amies sorcières! Ma pauvre mère elle-même était sorcière! Si elle n'était pas morte, elle pourrait vous le dire… Et puis d'ailleurs, c'est aujourd'hui Noël! Le petit Jésus est né cette nuit… Vous ne pouvez pas me faire disparaître un jour pareil!…

La sorcière me répond:

– Taratata! Je ne veux rien entendre! Mais puisque tu as la langue si bien pendue, je te propose une épreuve: tu as trois jours, pour me demander trois choses. Trois choses impossibles! Si je te les donne, je t'emporte. Mais si une seule des trois, je ne suis pas capable de te la donner, je m'en vais pour toujours et tu ne me verras plus. Allez, je t'écoute!

Moi, pour gagner du temps, je lui réponds:

– Ben, je ne sais pas… Je n'ai pas d'idée… Il faut que je réfléchisse… Laissez-moi la journée!

– C'est bon, dit-elle, je ne suis pas pressée. À ce soir!

Et elle disparaît.

Pendant une bonne partie de la journée, je me tâte, je me creuse, je me fouille les méninges[4] – et tout à coup je me souviens que mon ami Bachir a deux petits poissons

3. Manquer de respect.
4. Je réfléchis intensément.

dans un bocal, et que ces deux petits poissons, m'a-t-il dit, sont magiques. Sans perdre une seconde, je fonce rue Broca et je demande à Bachir :

– Tu as toujours tes deux poissons ?

– Oui. Pourquoi ?

– Parce que, dans ma maison, il y a une sorcière, une vieille, une méchante sorcière. Ce soir, je dois lui demander quelque chose d'impossible. Sinon, elle m'emportera. Tes petits poissons pourraient peut-être me donner une idée ?

– Sûrement, dit Bachir. Je vais les chercher.

Il s'en va dans l'arrière-boutique, puis il revient avec un bocal plein d'eau dans lequel nagent deux petits poissons, l'un rouge et l'autre jaune tacheté de noir. C'est bien vrai qu'ils ont l'air de poissons magiques. Je demande à Bachir :

– Maintenant, parle-leur !

– Ah non ! répond Bachir. Je ne peux pas leur parler moi-même, ils ne comprennent pas le français. Il faut un interprète !

– Mais je n'ai pas d'interprète !

– Ne t'en fais pas. Moi, j'en ai un.

Et voilà mon Bachir qui se met à chanter :

Petite souris
Petite amie
Viens par ici
Parle avec mes petits poissons
Et tu auras du saucisson !

À peine a-t-il fini de chanter qu'une adorable souris grise arrive en trottinant sur le comptoir, s'assied sur son petit derrière à côté du bocal et pousse trois petits cris, comme ceci :

– Hip ! Hip ! Hip !

Bachir traduit :

– Elle me dit qu'elle est prête. Raconte-lui ce qui t'est arrivé.

Je me penche vers la souris et je lui raconte tout : le notaire, la maison, les voisins, le placard, la chanson, la sorcière et l'épreuve qu'elle m'a imposée. Après m'avoir écouté en silence, la souris se retourne vers les petits poissons et leur dit dans sa langue :

– Hippi hipipi pipi ripitipi…

Et comme ça pendant cinq minutes.

Après avoir, eux aussi, écouté en silence, les poissons se regardent, se consultent, se parlent à l'oreille, et pour finir le poisson rouge monte à la surface de l'eau et ouvre plusieurs fois la bouche avec un petit bruit, à peine perceptible :

– Po-po-po-po-…

Et ainsi de suite, pendant près d'une minute.

Quand c'est fini, la petite souris se retourne vers Bachir et recommence à pépier[1] :

– Pipiri pipi ripipi.

Je demande à Bachir :

– Qu'est-ce qu'elle raconte ?

Il me répond :

– Ce soir, quand tu verras la sorcière, demande-lui des bijoux en caoutchouc, qui brillent comme des vrais. Elle ne pourra pas te les donner.

1. Pousser de petits cris.

Je remercie Bachir, Bachir donne une pincée de daphnies[1] aux petits poissons, à la souris une rondelle de saucisson, et sur ce nous nous séparons.

Dans le couloir, la sorcière m'attendait :

– Alors ? Qu'est-ce que tu me demandes ?

Sûr de moi, je réponds :

– Je veux que tu me donnes des bijoux en caoutchouc qui brillent comme des vrais !

– Haha ! Cette idée-là n'est pas de toi ! Mais peu importe, les voilà !

Elle fouille dans son corsage, et en tire une poignée de bijoux : deux bracelets, trois bagues et un collier, tout ça brillant comme de l'or, étincelant comme du diamant, de toutes les couleurs – et mou comme de la gomme à crayon !

– À demain, me dit-elle, pour la deuxième demande ! Et cette fois, tâche d'être un peu plus malin !

Et hop ! La voilà disparue.

Le lendemain matin, j'emporte les bijoux chez un de mes amis qui est chimiste, et je lui dis :

– Qu'est-ce que c'est que cette matière ?

– Fais voir, me dit-il.

Et il s'enferme dans son laboratoire. Au bout d'une heure il en ressort en me disant :

– Ça, c'est extraordinaire ! Ils sont en caoutchouc ! Je n'ai jamais vu ça ! Tu permets que je les garde ?

Je lui laisse les bijoux et je retourne chez Bachir.

– Les bijoux, ça ne va pas, je lui dis. La sorcière me les a donnés tout de suite.

– Alors, il faut recommencer, dit Bachir.

1. Petits crustacés (nourriture pour les poissons).

Il retourne chercher le bocal, le pose sur le comptoir et se remet à chanter :

Petite souris
Petite amie
Viens par ici
Parle avec mes amis poissons
Et tu auras du saucisson !

La petite souris accourt, je la mets au courant, elle traduit, puis elle recueille la réponse et transmet à Bachir :

– Pipi pirripipi hippi hippi hip !

– Qu'est-ce qu'elle dit ?

Et Bachir me traduit :

– Demande à la sorcière une branche de l'arbre à macaroni, et repique-la[2] dans ton jardin pour voir si elle pousse !

Et, le soir même, je dis à la sorcière :

– Je veux une branche de l'arbre à macaroni !

– Haha ! Cette idée-là n'est pas de toi ! Mais ça ne fait rien : voilà !

Et crac ! Elle sort de son corsage un magnifique morceau de rameau de macaroni en fleurs, avec une branchette en spaghetti, de longues feuilles en nouilles, des fleurs en coquillettes, et même de petites graines en forme de lettres de l'alphabet !

Je suis bien étonné, mais tout de même, j'essaie de chercher la petite bête :

– Ce n'est pas une branche d'arbre, ça, ça ne repousse pas !

– Crois-tu ? dit la sorcière. Eh bien, repique-la dans ton jardin, et tu verras ! Et à demain soir !

2. Plante-la.

Moi, je ne fais ni une ni deux[1], je sors dans le jardin, je creuse un petit trou dans une plate-bande, j'y plante la branche de macaroni, j'arrose et vais me coucher. Le lendemain matin, je redescends. La branche est devenue énorme : c'est presque un petit arbre, avec plusieurs nouvelles ramures, et deux fois plus de fleurs. Je l'empoigne à deux mains, j'essaie de l'arracher… impossible ! Je gratte la terre autour du tronc, et je m'aperçois qu'il tient au sol par des centaines de petites racines en vermicelle… Cette fois, je suis désespéré.

Je n'ai même plus envie de retourner chez Bachir. Je me promène dans le pays, comme une âme en peine, et je vois les bonnes gens se parler à l'oreille, quand ils me regardent passer. Je sais ce qu'ils se disent :

« Pauvre petit jeune homme ! Regardez-le ! C'est sa dernière journée, ça se voit tout de suite ! La sorcière va sûrement l'emporter cette nuit ! »

Sur le coup de midi, Bachir me téléphone :

– Alors ? Ça a marché ?

– Non, ça n'a pas marché. Je suis perdu. Ce soir, la sorcière va m'emporter. Adieu, Bachir !

– Mais non, rien n'est perdu, qu'est-ce que tu racontes ? Viens tout de suite, on va interroger les petits poissons !

– Pour quoi faire ? Ça ne sert à rien !

– Et ne rien faire, ça sert à quoi ? Je te dis de venir tout de suite ! C'est honteux de se décourager comme ça !

– Bon, si tu veux, je viens…

Et je vais chez Bachir. Quand j'arrive, tout est prêt : le bocal aux poissons et la petite souris, assise à côté.

Pour la troisième fois je raconte mon histoire, la petite souris traduit, les poissons se consultent longuement, et

1. Je n'hésite pas une seconde.

c'est le poisson jaune, cette fois, qui remonte à la surface et se met à bâiller en mesure :

– Po-po-po-po-po-po-po…

Pendant près d'un quart d'heure.

La souris à son tour se retourne vers nous et fait tout un discours, qui dure bien dix minutes.

– Mais qu'est-ce qu'ils peuvent raconter ?

– Écoute bien, et fais très attention, car ce n'est pas simple ! Ce soir, en retournant chez toi, demande à la sorcière qu'elle te donne la grenouille à cheveux. Elle sera bien embarrassée, car la grenouille à cheveux, c'est la sorcière elle-même. Et la sorcière n'est rien d'autre que la grenouille à cheveux qui a pris forme humaine. Alors, de deux choses l'une : ou bien elle ne peut pas te la donner, et en ce cas elle est obligée de partir pour toujours – ou bien elle voudra te la montrer quand même, et pour cela elle sera obligée de se transformer. Dès qu'elle sera devenue grenouille à cheveux, toi, attrape-la et ligote-la bien fort et bien serré avec une grosse ficelle. Elle ne pourra plus se dilater[2] pour redevenir sorcière. Après cela, tu lui raseras les cheveux, et ce ne sera plus qu'une grenouille ordinaire, parfaitement inoffensive.

Cette fois, l'espoir me revient. Je demande à Bachir :

– Peux-tu me vendre la ficelle ?

Bachir me vend une pelote de grosse ficelle, je remercie et je m'en vais. Le soir venu, la sorcière est au rendez-vous :

– Alors, mignon, c'est maintenant que je t'emporte ? Qu'est-ce que tu vas me demander à présent ?

Moi, je m'assure que la ficelle est bien déroulée dans ma poche, et je réponds :

– Donne-moi la grenouille à cheveux !

2. Grossir.

Cette fois, la sorcière ne rit plus. Elle pousse un cri de rage :

– Hein ? Quoi ? Cette idée-là n'est pas de toi ! Demande-moi autre chose !

Mais je tiens bon :

– Et pourquoi autre chose ? Je ne veux pas autre chose, je veux la grenouille à cheveux !

– Tu n'as pas le droit de me demander ça !

– Tu ne peux pas me donner la grenouille à cheveux ?

– Je peux, mais ce n'est pas de jeu !

– Alors, tu ne veux pas ?

– Non, je ne veux pas !

– En ce cas, retire-toi. Je suis ici chez moi !

À ce moment, la sorcière se met à hurler :

– Ah, c'est comme ça ! Eh bien, la voilà, puisque tu la veux, ta grenouille à cheveux !

Et je la vois qui se ratatine, qui rapetisse, qui rabougrit, qui se dégonfle et se défait, comme si elle fondait, tant et si bien que cinq minutes après je n'ai plus devant moi qu'une grosse grenouille verte, avec plein de cheveux sur la tête, qui se traîne sur le parquet en criant comme si elle avait le hoquet :

– Coap ! Coap ! Coap ! Coap !

Aussitôt, je saute sur elle, je la plaque sur le sol, je tire la ficelle de ma poche, et je te la prends, et je te la ligote, et je te la saucissonne… Elle se tortille, elle étouffe presque, elle essaie de se regonfler… mais la ficelle est trop serrée ! Elle me regarde avec des yeux furieux en hoquetant comme elle peut :

– Coap ! Coap ! Coap ! Coap !

Moi, sans perdre de temps, je l'emporte dans la salle de bains, je la savonne, je la rase, après quoi je la détache et je la laisse passer la nuit dans la baignoire, avec un peu d'eau dans le fond.

Le lendemain, je la porte à Bachir, dans un bocal avec une petite échelle, pour qu'elle serve de baromètre. Bachir me remercie et place le nouveau bocal sur une étagère, à côté de celui des poissons.

Depuis ce temps-là, les deux poissons et la grenouille n'arrêtent pas de se parler. La grenouille dit : *Coap ! Coap !* et les poissons : *Po – po !* et cela peut durer des journées entières !

Un beau jour, j'ai demandé à Bachir :

– Et si tu appelais ta souris, qu'on sache un peu ce qu'ils se racontent ?

– Si tu veux ! a dit Bachir.

Et il s'est remis à chanter :

Petite souris
Petite amie
Viens par ici…

Quand la souris est venue, Bachir lui a demandé d'écouter et de traduire. Mais la souris, cette fois, a refusé tout net.

– Pourquoi ? ai-je demandé.

Et Bachir a répondu :

– Parce que ce ne sont que des gros mots !

Voilà l'histoire de la sorcière. Et maintenant, quand vous viendrez me rendre visite, soit de jour, soit de nuit, dans la petite maison que j'ai achetée, vous pourrez chanter tout à votre aise :

Sorcière, sorcière,
Prends garde à ton derrière !

Je vous garantis qu'il n'arrivera rien !

La Sorcière de la rue Mouffetard
et autres contes de la rue Broca,

Pause lecture 4

Une drôle de sorcière

La Sorcière du placard aux balais

Une étrange maison (l. 1 à 129)

Avez-vous bien lu ?

Pourquoi le notaire rit-il ?

- ❑ Il se moque du costume de M. Pierre.
- ❑ Il vient de lui jouer un mauvais tour.
- ❑ Il a fait une bonne affaire.

Un mystérieux notaire

1 À l'aide de l'encadré de la page 65, trouvez combien coûte (en euros) la maison que le héros achète. Est-ce un prix réaliste ?

2 Pour quelle raison M. Pierre va-t-il chez le notaire ?

3 Par quoi est-il étonné ?

Une bonne affaire ?

4 Quelle est la réaction des voisins ? Que comprend peu à peu M. Pierre ?

5 Quel sentiment anime le héros quand il retourne chez le notaire ? Comment arrive-t-il à lui arracher le secret de la maison ?

6 Pourquoi la chanson interdite est-elle comique ? Expliquez la dernière parole du notaire : « C'est exprès ! » (l. 124).

La sorcière sort de son placard (l. 130 à 205)

Avez-vous bien lu ?

Pourquoi le héros chante-t-il ?

- ❏ Il veut se moquer de la sorcière.
- ❏ Il veut se battre avec elle.
- ❏ Il a besoin du placard.

Un « petit jeu »

1. Que se passe-t-il un soir de Noël ?
2. Montrez que la tentation est de plus en plus forte à travers les paroles que chante le héros. Que traduisent les points de suspension (l. 139 à 148) ?
3. Quelles sont les réactions de la sorcière ?
   Dans quelles circonstances finit-elle par sortir du placard aux balais ?

Une défense maladroite

4. Comment M. Pierre tente-t-il d'abord de s'excuser (l. 174 à 176) ?
   Observez la construction des phrases et indiquez son état d'esprit.
5. Relevez les arguments avancés par le narrateur pour calmer la sorcière.
   Arrivent-ils à la convaincre ?
6. Quel marché la sorcière propose-t-elle ? Dans quel autre conte de ce recueil le héros devait-il rapporter un certain nombre d'objets ?

La sorcière est mise à l'épreuve (l. 206 à 452)

Avez-vous bien lu ?

Quel est le rôle de la petite souris grise ?

- ❏ Elle doit effrayer la sorcière.
- ❏ C'est une bonne fée.
- ❏ Elle sert d'interprète entre Bachir et les poissons.

Des animaux magiques

1 Comment Bachir fait-il apparaître la petite souris ? À quel autre passage du conte ce procédé fait-il penser ?

2 Quels autres animaux magiques apparaissent ? Comment s'expriment-ils et quelle est leur fonction ?

Trois défis…

3 Pourquoi les deux premiers objets demandés à la sorcière ne surprennent-ils pas dans le cadre d'un conte ? Sont-ils magiques ? Expliquez.

4 Quel sentiment gagne le héros après la deuxième victoire de la sorcière ? Quelle leçon Bachir lui donne-t-il ?

… et une ficelle !

5 Relisez le récit de la métamorphose de la sorcière et celui de sa capture (l. 406 à 419). Combien y a-t-il de verbes ? Quelle est l'impression créée ? Où la sorcière finit-elle ?

6 Quelle est la tonalité de ce conte par rapport aux contes de fées traditionnels ?

Vers l'expression

Vocabulaire

1. «*Hippi hipipi pipi ripitipi*» disent les souris. «*Po-po-po-po*» lancent les poissons. «*Coap! Coap! Coap!*» s'égosille la sorcière devenue grenouille. Quelle étrange langue! Quelle est la nature de ces mystérieux mots? Trouvez-en à votre tour cinq que vous emploierez dans une phrase de votre choix.

2. «*Moi, je ne fais ni une, ni deux*» pense Monsieur Pierre. Que signifie cette expression? Les chiffres et nombres sont souvent utilisés dans des expressions imagées. Indiquez le sens des expressions suivantes:

Couper la poire en deux – disperser aux quatre vents – tourner sept fois la langue dans sa bouche avant de parler – se mettre sur son trente-et-un.

À vous de jouer

Écrivez un récit

Avez-vous déjà rêvé de posséder un quelconque pouvoir? Imaginez-vous sorcière ou sorcier. Quels seraient vos dons et qu'en feriez-vous?

Rédigez un dialogue

À présent, M. Pierre vit paisiblement dans sa maison. Depuis quelque temps pourtant, un animal vient le voir. Il a pitié et finit par l'apprivoiser. Un beau jour, la bête parle: c'est la sorcière! Racontez la scène, choisissez un animal et créez un dialogue entre les deux personnages.

Du texte à l'image

Observez le pastel → voir dossier images p. IV

La Sorcière, Lucien Lévy-Dhurmer, 1897.

1. À votre avis, que contient le flacon tenu par la sorcière ?
2. Comment le visage de la sorcière est-il mis en valeur ?
3. Retrouvez tous les animaux présents. Que symbolisent-ils ? En quoi sont-ils inquiétants ?
4. Le décor est-il clairement défini ? Pourquoi ?
5. Cette sorcière se rapproche-t-elle de celle du conte de Gripari ? Justifiez votre réponse.

Questions sur…

4 contes de sorcières

1. Quatre sorcières inquiétantes

1 L'époque et le lieu des quatre contes sont-ils précisés ? Pourquoi ?

2 Quelle est la caractéristique physique commune aux sorcières présentées dans *Hansel et Gretel*, *Baba Yaga* et *La Sorcière du placard aux balais* ? Pourquoi celle de *L'Ours de la cuisine* est-elle différente ?

3 Que mangent les sorcières dans *Hansel et Gretel* et dans *Baba Yaga* ? Pourquoi la sorcière de *L'Ours de la cuisine* est-elle aussi très dangereuse pour le héros ? Et celle du placard aux balais ?

4 Quel est l'attribut traditionnel des sorcières ? Dans quel conte apparaît-il ?

5 Précisez, pour chaque sorcière, quels sont ses pouvoirs magiques. Laquelle vous semble la plus inquiétante ? La moins effrayante ? Justifiez votre opinion.

2. La victoire du héros

6 Quels sont les contes où la sorcière meurt à la fin ? Celui où elle disparaît ? Celui où elle se métamorphose ?

7 Qu'est-ce qu'une marâtre ? Dans quels contes joue-t-elle un rôle important ? Que cherche-t-elle toujours à faire ?

8 Pour chaque conte, citez un personnage qui aide le héros à vaincre la sorcière. A-t-il des pouvoirs magiques ? Lesquels ?

9 Quelles qualités aident le héros à triompher dans chacun des quatre contes ?

3. Le merveilleux

10 Dans chaque conte, choisissez l'épreuve du héros qui vous a le plus marqué(e). Justifiez votre choix.

11 Pourquoi le conte de Pierre Gripari est-il différent des autres ? Sur quel ton est-il raconté ?

12 Quel récit avez-vous préféré ? Vous appuierez votre avis sur un ou deux arguments.

Après la lecture

Genre

Le conte merveilleux

Thème

Petite histoire des sorcières

Le conte merveilleux

◆ Une histoire qui parle à tous

Le conte enchante depuis la nuit des temps ! Récit d'aventures qui mêle peurs et désirs, il permet évasion et réflexion. Issu d'une tradition orale qui relie les générations entre elles, le conte s'est d'abord transmis de bouche à oreille. Le conte parle aussi à chacun d'entre nous. Époques et lieux sont indéterminés : l'histoire ne peut être ni datée avec précision (« Il était une fois »), ni située sur le plan géographique (une forêt, un château...) et les personnages sont peu décrits. Les héros qui affrontent les sorcières sont dotés de grandes **qualités**, comme le courage et l'intelligence.

« Un récit d'aventures qui permet évasion et réflexion. »

Ces caractéristiques permettent au lecteur d'entrer plus facilement dans l'histoire, de **s'identifier aux héros** et au conte d'avoir une portée universelle.

◆ Une histoire bien construite

Le conte suit des règles précises, correspondant au schéma narratif :

– la **situation initiale** présente le cadre et les personnages ;

– la **modification** vient perturber le quotidien du héros pour l'entraîner dans des aventures ;

– les **péripéties** confrontent le héros à des épreuves imposées par des sorcières et autres ogres ou ogresses qui le soumettent à une menace physique ou morale. Ces étapes sont douloureuses mais enrichissantes. Le héros rencontre des opposants (adversaires) et des adjuvants (alliés) ;

– la **résolution** apporte une solution à l'aventure ;

– la **situation finale** marque le triomphe du héros ou de l'héroïne, grandi(e) par les épreuves. Elle amène souvent à une **morale**.

◆ Des personnages humains et merveilleux

La plupart des contes de fées commencent par une **séparation**. Elle est souvent représentée par la mort ou l'absence d'un parent, comme pour Hansel et Gretel, ou encore la nièce de Baba Yaga. Mohammed l'Avisé est, quant à lui, séparé de sa mère.

Très souvent, la nouvelle épouse du père, la belle-mère du héros, déteste l'enfant et veut le supprimer. Elle représente un opposant immédiat.

Le héros triomphe des épreuves grâce à ses **rencontres providentielles**. Mohammed l'Avisé trouve, dans la géante et son fils, la mère et le frère qui lui manquent. Le merveilleux permet de reconstituer une famille perdue, et crée un nouvel équilibre pour le héros, renforcé par ce soutien.

Le merveilleux se caractérise par la présence d'objets magiques, de personnages, d'événements extraordinaires. Ainsi la fée bénéfique ou maléfique (on la nomme alors **sorcière**), peut réserver des surprises. Clef, animal, géante, forêt : tout est susceptible d'être ensorcelé. **La métamorphose** (transformation magique d'un état en un autre), souvent présente dans les contes, permet à l'humain de devenir animal – ou l'inverse –, ou de vivre une modification sociale (en passant de la pauvreté à la richesse par exemple).

◆ Une histoire morale

À la fin du conte, le héros est très souvent récompensé parce qu'il a surmonté des épreuves. Elles l'ont certes blessé, mais aussi enrichi et mûri. Telle est la morale: déjouer des pièges et révéler ses qualités de cœur. Le conteur cherche à nous éclairer : la vie place sur notre chemin des difficultés et des obstacles. **Une victoire** est alors promise à celui ou celle qui saura les affronter avec cœur et courage. Quant à celui qui s'écartera du droit chemin, il sera puni. Observez le destin de nos sorcières ! Telle est la leçon de bien des contes. ■

« Une morale : déjouer des pièges et révéler ses qualités. »

Petite histoire des sorcières

◆ L'histoire du mot

Dérivé du latin *sortarius* qui signifie « diseur de sorts », le sorcier désigne d'abord « la destinée », « le sort ».

« Les sorcières sont présentes dans bien des traditions. »

Au XVIIe siècle, la sorcière est définie comme une magicienne, une enchanteresse qui communique avec le Diable et se rend au sabbat (réunion nocturne de sorciers) en s'envolant sur un balai.

La sorcière désigne aussi tout être qui « gagne le cœur des autres par quelques charmes ou bonnes qualités » ou comme une « personne vieille ou méchante ».

◆ Les célèbres sorcières !

Qu'elles soient magiciennes, ogresses, diablesses ou enchanteresses, les sorcières sont présentes dans la plupart des traditions. Dans l'Antiquité, Médée, abandonnée par Jason, se venge d'une terrible manière : elle tue ses propres enfants. La magicienne Circé (Homère, l'*Odyssée*) transforme les compagnons d'Ulysse en porcs, avant de les libérer.

Ces belles sorcières grecques sont à l'opposé de l'image traditionnelle de la sorcière laide, sèche, ridée, parfois bossue, mal habillée, cruelle... que l'on retrouve souvent dans les contes, comme Baba Yaga, issue de la mythologie slave : repoussante, malveillante et cannibale. Toutefois, on retrouve le double visage beauté/cruauté des sorcières dans certains contes : dans *Blanche-neige* où la reine-sorcière est aussi belle que son âme est noire, ou dans L'*Ours de la cuisine* (la fille du mauvais roi des djinns).

◆ Créature du diable ou magicienne bénéfique ?

D'une culture à l'autre, des regards très différents sont posés sur les sorcières et sorciers.

– Les traditions africaine, amérindienne ou australienne respectent ceux qui, selon eux, ont gardé un lien avec l'au-delà : figures d'autorité, les sorciers inspirent confiance et symbolisent une forme de sagesse. Chez les Aborigènes d'Australie, « l'homme-médecine » met son savoir au service de la guérison des malades, donc de la communauté.

– En Occident, du Moyen Âge au XVIIIe siècle, la sorcellerie est l'image même du mal : la « chasse aux sorcières » est régulièrement pratiquée. Au Moyen Âge surtout, l'Église organisait de terribles procès. On reprochait notamment aux accusées leurs pouvoirs surnaturels (invisibilité, voyance...) et leur tendance à faire le mal (envoûtements, maléfices), guidées par des forces diaboliques. On les accusait d'empoisonner les puits et d'assassiner des enfants. L'aveu, acquis sous la torture, était considéré comme la meilleure preuve de l'existence de ces pratiques et justifiait la persécution. Les sorcières étaient brûlées.

◆ Le succès des sorcières

La sorcière est devenue un personnage de la littérature et du cinéma dont le succès ne se dément plus.

Figure inquiétante, au départ, qui menace le héros ou l'héroïne du conte, la sorcière a peu à peu, au fil du temps, perdu bien souvent son pouvoir angoissant pour devenir un personnage comique : par exemple dans *La Sorcière du placard aux balais* de Gripari, ou encore dans *Sacrées Sorcières* de Roald Dahl (1983).

> *« L'image de la sorcière évolue avec le temps. »*

Le cinéma se nourrit largement de l'imagerie de la sorcière. De Kirikou à Harry Potter, en passant par les dessins animés d'Hayao Miyasaki, elle occupe une place privilégiée dans l'imaginaire collectif. Tour à tour enchanteresse ou diablesse, elle effraie ou amuse, devenant même parfois un personnage positif, modèle de liberté, d'indépendance et d'intelligence *(Ma Sorcière bien aimée, Charmed...)*. ■

Autre lecture

Goethe

L'Apprenti sorcier

1797

texte intégral

Qu'il est difficile de devenir sorcier!

Qui est Goethe ?

Johann W. von Goethe (1749-1832)

Cet écrivain allemand est curieux de tout : il devient successivement poète, romancier, avocat, scientifique et même ministre des Finances ! Un amour malheureux inspire son célèbre roman *Les Souffrances du jeune Werther* (1774). L'édition de ses œuvres, entreprise dès 1815, rassemble vingt volumes, dont le célèbre Faust, récit d'un homme tenté par le Diable.

Le poème qui suit, *L'Apprenti sorcier*, a fourni le thème de l'une des séquences du dessin animé *Fantasia* de Walt Disney sur une musique de Paul Dukas, écrite en 1897. Dans ce poème, un jeune sorcier profite de l'absence de son maître pour tester ses pouvoirs magiques sur les objets : il raconte son histoire.

L'Apprenti sorcier

Le vieux sorcier n'est plus là
Cette fois il est bien parti !
Cette magie qu'il m'interdisait
Est enfin à ma portée[1] !
Je vais pouvoir essayer
De faire obéir les esprits,
Jeter des sorts, jouer avec les maléfices[2] !
Je vais montrer tout mon art !

– Flots ! Flots ! en avant !
Répandez-vous, ne vous ménagez pas[3] !
Eau jaillissante du ruisseau
Viens remplir et éclabousser le bassin !

– Viens aussi, toi vieux balai,
Accroche ces chiffons autour de toi
J'ai besoin de ton aide
Obéis à mes ordres
Soumets-toi à mes envies
Il te faut deux jambes pour te dresser,
Une tête,
Ça y est ! Vas-y ! Cours et dans chaque main
Prends un seau !

– Flots ! Flots ! en avant !
Répandez-vous, ne vous ménagez pas !
Eau jaillissante du ruisseau
Viens remplir et éclabousser le bassin !

Regardez-moi ce vieux balai,
Il fait la course jusqu'à la rive !

1. Accessible.
2. Sortilèges visant à nuire à quelqu'un.
3. Déchaînez-vous !

Ça y est, il plonge dans le courant du ruisseau,
Il revient là en un éclair
Et verse l'eau vite et bien,
Et là encore il se hâte,
L'eau se renverse, l'eau déborde des cuvettes bien remplies.
– Stop ! Assez ! Écoute-moi !
Tu en as fait assez, balai !
Nous avons assez d'eau, mon cher !
Oh… j'ai oublié la formule…
J'ai oublié ce que disait le vieux sorcier
Pour que le balai redevienne balai!
Ah! il court et rapporte de l'eau plus vite encore !
Comment le retransformer en manche à balai comme [avant ?
Il verse encore des torrents d'eau
Et encore et encore sur ma tête…
– Non ! Stop ! Arrête-toi,
S'il te plaît
Il faut que je l'attrape,
Il est devenu méchant
J'ai de plus en plus peur
Ses yeux sont maintenant effrayants
– Créature de l'enfer, tu n'es pas humain !
La maison entière va être inondée
Du seuil[1] au portail
Des flots d'eau comme un orage…
– Balai maudit !
Qui n'en fait qu'à sa tête,
Tu n'es qu'un morceau de bois,
Encore une fois arrête ! Ne bouge plus !
Tu ne veux pas t'arrêter, balai ?

1. De l'entrée.

Je vais m'emparer de toi,
Te serrer fort, te frapper,
Te fendre en deux, vieux bout de bois,
Avec cette hache tranchante !
Oh non ! Il retourne encore chercher de l'eau !
Maintenant il la verse sur moi !
– Attention Démon ! Cette fois je vais te faire obéir !
Crash ! – La lame de cette hache a eu raison de toi !
Quel beau coup ! Vraiment !
Là, cette fois, ça y est. Il est coupé en deux !
J'espère que tout va aller maintenant.
Je commence à respirer.
Oh ! ... oh non ! Pauvre de moi !
Les deux moitiés se lèvent et se dressent
Comme deux grandes tours !
Elles sont après moi...
– Au secours ! À l'aide !
Elles courent chercher de l'eau !
La pièce entière, les escaliers, tout est inondé !
Ça déborde de partout !
– Mon dieu ! Mon maître !
Au secours ! Écoutez-moi !
Ah ! le vieux sorcier revient.
– Oh, maître, quel malheur !
Les esprits que j'ai réveillés
Ne veulent plus m'écouter !

– « Va dans ton coin,
Balai, balai,
Écoute ton maître, tu n'en as qu'un,
Va dans ton coin. »

À lire

Roald Dahl, *Sacrées Sorcières,* 1983, Gallimard
Terrifiant !... : les sorcières n'ont plus de chapeaux noirs, ni de balais, mais elles s'habillent comme vous et moi, vivent à côté de chez vous et ressemblent à n'importe qui... Comment alors les reconnaître et leur échapper ?

Marie Desplechin, *Verte*, 1996, L'École des Loisirs
Ursule la sorcière est désespérée ! Sa fille Verte ne brille pas par ses qualités de sorcellerie... Cependant, comme on développe cette spécialité de mère en fille, elle décide de la confier à sa propre mère, Anastabotte. Mission de la grand-mère : écarter sa petite-fille des préoccupations de son âge et la remettre dans le droit chemin des pouvoirs magiques. La jeune héroïne saura-t-elle toutefois les utiliser à bon escient ?

J. K. Rowling, *Harry Potter à l'école des sorciers*, 1998, Gallimard
Harry Potter, jeune orphelin anglais, suit sa scolarité à l'école de sorcellerie de Poudlard. Il y découvre l'amitié et apprend à maîtriser les pouvoirs magiques qui l'aideront dans bien des épreuves, notamment contre le cruel mage noir Voldemort, son pire ennemi, assassin de ses parents. Arrivera-t-il à combattre les forces du Mal ?

Geoffrey Huntington, *L'Ordre des sorciers*, 2005, Milan
Très jeune, Devon se sait différent. Il possède un très puissant pouvoir qui le rend « plus fort ». À la disparition de son père, tout s'accélère. Le voici confié à la riche famille Muir. Il vit désormais à Ravenscliff. Un grand danger plane sur lui. Aura-t-il la force d'affronter démons et fantômes ? Quel secret se cache derrière ses pouvoirs ?

À voir

➡ *Le Magicien d'Oz*, Victor Fleming, 1939

Dorothy, jeune orpheline qui vit chez son oncle et sa tante, fait un rêve où elle se retrouve plongée au cœur du royaume magique des Munchkins, à la recherche de son chien. Au gré de rencontres avec les personnages de ce royaume (l'homme de fer blanc, l'épouvantail, la méchante sorcière...), une série d'aventures la conduiront jusqu'au palais du magicien d'Oz.

➡ *Willow*, Ron Howard, 1988

Au château de Nockmaar, la reine Bavmorda, une terrible sorcière, projette de tuer un nouveau-né, qui pourrait la mettre en danger. Abandonné, le bébé est recueilli par un nain, habitant du village des Nelwyns. Devenu son protecteur, il devra affronter de nombreuses épreuves pour sauver l'enfant.

➡ *Kiki la petite sorcière*, dessin animé de Hayao Miyazaki, 1989

Les sorcières sont-elles toutes laides et cruelles ? Pas forcément ! Voyez Kiki, une jolie petite sorcière de treize ans, dont l'épreuve est de vivre seule dans une ville, face à l'incompréhension des gens. Apprivoisera-t-elle cet univers hostile ? Et comment affronter le regard des autres ?

➡ *Les Sorcières*, Nicolas Roeg, 1990

Luke, un petit garçon, va passer ses vacances dans un hôtel de la côte anglaise avec sa grand-mère. Un jour, il se retrouve enfermé dans une salle où a lieu une grande assemblée de... sorcières ! Elles sont toutes réunies autour de leur chef machiavélique : la Grandissime Sorcière. Luke réussira-t-il à déjouer leurs plans diaboliques, avec l'aide de sa grand-mère ?

Table des illustrations

Illustration de couverture : Hartland Vila.
p. 5 : « Befana » : envol d'une sorcière sur son balai devant la lune, dessin aquarelle, 1920, © Fototeca/Leemage.
p. 6 : Les frères Grimm, estampe, XIXe siècle, BNF, Paris, BIS/Ph. Coll. Archives Larbor.
p. 7, 61, 63 : Première représentation de sorcières chevauchant un balai, miniature de Martin Le Franc, vers 1440-1442, BNF, Paris, BIS/Ph. Coll. Archives Larbor.
p. 25 : © akg-images.
p. 32 : © The Bridgeman Art Library.
p. 55 : © North Wind Picture/Leemage.
p. 62 : Portrait de Pierre Gripari, © rue des Archives.
p. 89 : *Le Sabbat ressuscité*, eau forte de Léonor Fini, 1957, BNF, Paris, BIS/© ADAGP.
p. 95 : *Fantasia*, © Christophel.
p. 96 : Portrait de Goethe, © BIS/Ph. Hartan – Coll. Archives Larbor.

p. I : BNF, Paris, BIS/Ph. Coll. Archives Nathan.
p. II : © The Bridgeman Art Library.
p. III : © Aurélie Rousille.
p. IV : Musée d'Orsay, Paris, © akg-images/Erich Lessing.

Conception graphique : Julie Lannes
Design de couverture : Denis Hoch
Recherche iconographique : Gaëlle Mary/Laetitia Jannin
Illustrations : Buster Bone (p. 8, 26, 38 et 64)
Mise en page : ScienTech Livre
Correction : Sylvie Porté
Édition : Laurène Grellet-Phélip
Coordination éditoriale : Marion Noesser
Direction éditoriale : Marie-Hélène Tournadre

N° édition : 10238722 - Dépôt légal : août 2017
Imprimé en France par la Nouvelle Imprimerie Laballery - N° 707054

La Nouvelle Imprimerie Laballery est titulaire de la marque Imprim'Vert®

COLLÈGE

65. **Bédier**, *Le Roman de Tristan et Iseut*
51. **Courteline**, *Le gendarme est sans pitié*
38. **Dumas**, *Les Frères corses*
71. **Feydeau**, *Un fil à la patte*
67. **Gautier**, *La Morte amoureuse*
1. **Homère**, *L'Odyssée*
29. **Hugo**, *Le Dernier Jour d'un condamné*
2. **La Fontaine**, *Le Loup dans les Fables*
3. **Leprince de Beaumont**, *La Belle et la Bête*
10. **Maupassant**, *Boule de suif*
26. **Maupassant**, *La Folie dans les nouvelles fantastiques*
43. **Maupassant**, 4 nouvelles normandes (*anthologie*)
62. **Mérimée**, *Carmen*
11. **Mérimée**, *La Vénus d'Ille*
68. **Molière**, *George Dandin*
7. **Molière**, *L'Avare*
23. **Molière**, *Le Bourgeois gentilhomme*
58. **Molière**, *Le Malade imaginaire*
70. **Molière**, *Le Médecin malgré lui*
52. **Molière**, *Le Sicilien*
36. **Molière**, *Les Fourberies de Scapin*
28. **Musset**, *Il ne faut jurer de rien*
6. **Nicodème**, *Wiggins et le perroquet muet*
21. **Noguès**, *Le Faucon déniché*
59. **Perrault**, 3 contes (anthologie)
8. **Pouchkine**, *La Dame de pique*
12. **Radiguet**, *Le Diable au corps*
39. **Rostand**, *Cyrano de Bergerac*
24. **Simenon**, *L'Affaire Saint-Fiacre*
9. **Stevenson**, *Le Cas étrange du Dr Jekyll et de M. Hyde*
54. **Tolstoï**, *Enfance*
61. **Verne**, *Un hivernage dans les glaces*
25. **Voltaire**, *Le Monde comme il va*
53. **Zola**, *Nantas*
42. **Zweig**, *Le Joueur d'échecs*
4. *La Farce du cuvier* (anonyme)
37. *Le Roman de Renart* (anonyme)
5. Quatre fabliaux du Moyen Âge (*anthologie*)
41. Les textes fondateurs (*anthologie*)
22. 3 contes sur la curiosité (*anthologie*)
40. 3 meurtres en chambre close (*anthologie*)
44. 4 contes de sorcières (*anthologie*)
27. 4 nouvelles réalistes sur l'argent (*anthologie*)
64. *Ali Baba et les 40 voleurs*

LYCÉE

33. **Balzac**, *Gobseck*
60. **Balzac**, *L'Auberge rouge*
47. **Balzac**, *La Duchesse de Langeais*
18. **Balzac**, *Le Chef-d'œuvre inconnu*
72. **Balzac**, *Pierre Grassou*
34. **Barbey d'Aurevilly**, *Le Bonheur dans le crime*
32. **Beaumarchais**, *Le Mariage de Figaro*
20. **Corneille**, *Le Cid*
56. **Flaubert**, *Un cœur simple*
49. **Hugo**, *Ruy Blas*
57. **Marivaux**, *Les Acteurs de bonne foi*
48. **Marivaux**, *L'Île des esclaves*
19. **Maupassant**, *La Maison Tellier*
69. **Maupassant**, *Une partie de campagne*
55. **Molière**, *Amphitryon*
15. **Molière**, *Dom Juan*
35. **Molière**, *Le Tartuffe*
63. **Musset**, *Les Caprices de Marianne*
14. **Musset**, *On ne badine pas avec l'amour*
46. **Racine**, *Andromaque*
66. **Racine**, *Britannicus*
30. **Racine**, *Phèdre*
13. **Rimbaud**, *Illuminations*
50. **Verlaine**, *Fêtes galantes, Romances sans paroles*
45. **Voltaire**, *Candide*
17. **Voltaire**, *Micromégas*
31. *L'Encyclopédie* (anthologie)
16. Traits et portraits du XVIIe siècle (*anthologie*)